中公文庫

出張料亭おりおり堂

あつあつ鍋焼きうどんと二人の船出

安田依央

中央公論新社

目次

夢見の鳥の着くところ……7
鏡の中の姫君……125

人物紹介

山田澄香（やまだ・すみか）

恋愛スキルゼロで、喪女というよりすでにゾンビ化を自覚している。最近では「おりおり堂」の骨董と出張料亭両方を手伝い、仁を支えたいと思っているのだが……。

橘 仁（たちばな・じん）

京都の一流料亭で修業した料理人。出張料亭を取り仕切る。ついに澄香に告白したかのように思えたが、その後全く動きはない。無口すぎるイケメン。

橘 孝（たちばな・こう）

日本屈指の財閥の後取りだが、出奔した兄・仁に家を継いでもらうべく店の内外で暗躍している。

雨宮虎之介（あめみや・とらのすけ）

国籍不明、年齢不詳、金髪碧眼で顔だけはやたらかわいい自称記憶喪失の少年。仁に弟子入りしたと言って店に居候している。

橘 桜子（たちばな・さくらこ）

『骨董・おりおり堂』のオーナー。上品で粋な八十歳。澄香を店に導いた人物。仁と孝の祖母。

出張料亭 おりおり堂

――あつあつ鍋焼きうどんと二人の船出――

夢見の鳥の着くところ

師走。どこか気ぜわしい季節が傍《かたわ》らを過《す》ぎていく。

午後の早い時間だ。曇《くも》り空《ぞら》の下、山田澄香《やまだすみか》はおつかいの風呂敷包《ふろしきづつ》みを抱え、最寄りの地下鉄駅を使わず遠回りをして歩いていた。

デパートや高級ブランド店が並ぶメインストリートから横へ横へとそれるうちに、古い街並みの残る一角へ出る。

お稲荷《いなり》さんを祀《まつ》った小さな社《やしろ》、生《お》い茂《しげ》る樹木に埋もれるようにして立つレトロな喫茶店《きっさてん》、立派な破風《はふ》の銭湯《せんとう》。

でこぼこと不揃《ふぞろ》いな石畳《いしだたみ》の道を行くと、木の格子《こうし》が見えてくる。大正モダンが香る店構えだ。

墨書《ぼくしょ》された看板が見える。『骨董《こっとう》・おりおり堂』、澄香の勤める店だ。

磨《す》りガラスの窓、腰高のショーケースにはぽってりした黒の陶器《とうき》に冬咲きの白いクレマチスを生けてある。俯《うつむ》いて少し開きかけたクレマチスのつぼみはベルのようで、この季節に似合うと思ったのだ。といっても生けたのは澄香ではない。精進《しょうじん》しようとがんばってはいるのだけれど、まだまだ店先に飾れるようなものはできずにいる。

店までもう少しというところで雨が降り出した。煙《けぶ》るように細《こま》かい雨粒《あまつぶ》はとても冷たく、

吐《は》く息が白く見える。

十二月も二週目だ。つい先日までは秋の延長みたいな気温だったのに、今日の空気は本格的な冬の到来を感じさせた。

本日、『骨董・おりおり堂』は定休日だ。

この店を拠点《きょてん》に、依頼者のお宅に出かけて料理を作る『出張料亭・おりおり堂』もまた今日は予約が入っておらず、休みだった。

からからと入口の格子戸を開けると、古い物が醸《かも》し出す匂《にお》いと、かすかにコーヒーの混じった風を感じた。この店独特の香りだ。しんとした店内に入り、照明をつける。

高価な骨董はもちろん、普段使いの気取らないうつわなどが陳列台《ちんれつだい》に並んでいる。バラバラなように見えて、統一感があるのは、そのどれもが店主である橘《たちばな》桜《さくら》子《こ》の眼鏡《めがね》にかなったものであるからだ。

澄香は当初、『出張料亭・おりおり堂』の助手とした採用され、今では『骨董・おりおり堂』の責任者として働かせてもらっている。現在は両方の仕事を兼任している形だ。

二つのおりおり堂は、澄香にとってどちらも同じくかけがえのないものだ。

これまでどれほど多くのものを得たのだろうかと思う。それまで気にも留めなかった季節の移ろいや歳時記《さいじき》、日々を大切に暮らすこと。誰《だれ》かの笑顔のためにおいしい料理を作ること――。沢山《たくさん》のことを桜子と仁《じん》、そして周囲を取り巻く人たちから教えてもらった。感

謝してもしきれない。

「あー。もうすぐクリスマスかあ」

店内を見やり、一人つぶやく。

『骨董・おりおり堂』には小さなカフェスペースがある。

ここは歳時記の部屋とも呼ばれ、月替わりで季節を感じさせるディスプレイをしている。クリスマスを前にした今は、銀の燭台《しょくだい》や桜子のとっておきのクリスマスオーナメントなどが並んでいた。このオーナメントはヨーロッパから来た大変貴重なアンティークだそうで、非売品。毎年、この時期になると登場する馴染《なじ》みの品だ。

十二月の初めに静岡《しずおか》から戻ってきた澄香は桜子と二人でディスプレイした。ドイツ製のくるみ割《わ》り人形《にんぎょう》の隣《となり》に置いたのはボタンの目に太い毛糸の髪《かみ》がもさもさと生えた布製の人形だ。赤やピンク、紫《むらさき》に水色、緑に黄色。カラフルな布をつなぎ合わせて作ってある。ガラス食器や塗りのうつわの隣に置くのはどうかと思ったが、意外にしっくりきて驚いた。ちょっとした冗談《じょうだん》のつもりだったのに、何だか当たり前のような顔をして人形は座っているのだ。くったりした人形のとぼけた表情に笑ってしまった。

人形の名はみくちゃん。先日、まどかという子供から預かったものだ。

伊東《いとう》の老舗《しにせ》旅館、名月館《めいげつかん》は先代亡き後、相続人であるきょうだいたちが旅館の存続を巡《めぐ》ってもめていた。仁はその話し合いの場で「弔《とむら》いの料理」を作るよう、亡くなった先代か

ら依頼を受けており、澄香も助手として同行したのだ。

まどかは名月館のきょうだいの長女、典子《のりこ》の娘だ。別れ際にこの人形をまどかから託され、しばらく店に置いて欲しいと頼まれて驚いたが、典子の説明によると、まどかは自分の遊び相手の人形たちを託し、旅先で撮った写真が送られて来るのを楽しみにしているのだそうだ。

「この子は赤ちゃんなの。前にじいじと一緒に日本中りょこうしたんだよ」

澄香は喜んで人形を預かり、こちらへ戻ってからも毎日、店や出張先の景色と共に人形を写《うつ》して送っている。

今日の写真はどうするかな、と考えるうち、ふわりといい匂いが流れてくるのに気づいて、あれと思った。

店の奥は住居部分になっている。元々住んでいた桜子は今は近くのマンションで暮らしており、現在、ここに住んでいるのは仁と居候の雨宮《あめみや》虎之介《とらのすけ》だった。

仁は外出すると聞いているし、虎之介は伊東から戻って来てどこかへ行ってしまい、しばらく姿を見ていない。

不思議に思って店の奥へ進んでみる。この建物は正面から見ただけでは予想できないほど奥行きがあるのだ。廊下《ろうか》の角を曲がり、一段降りると、古い厨《くりや》があった。仁が出張に向かう前の下ごしらえをしたり、皆《みな》が交替でまかないを作ったりしている場所だ。

「あれ、仁さん」

古ぼけた裸電球が灯《とも》る下、仁が大きな寸胴鍋《ずんどうなべ》の前に立っていた。

「今日はお休みだったんじゃ？」

仁が振り返り、少し微笑《ほほえ》む。

「ゆうべ、電話をした時にオーナーが少し風邪《かぜ》気味だとおっしゃっていたので、何か食べやすいものでも持って行こうかと思ったんだ」

「え、オーナー、お身体《からだ》の具合が？」

確かに昨日、澄香に後を任せて桜子は少し早めに帰ったが、体調が悪いとは気づかなかった。桜子に電話をかけようとスマホを取り出したものの、いや具合が悪くて眠っていたら迷惑だと考え直す。うろうろしている澄香に仁が苦笑した。

「大したことはないとおっしゃってたし、声も元気そうだった。そんなに心配なら、後でこれを届けてくれるか？」

「あ。はい、もちろんです。あ、ありがとうございます」

仁は少し不思議そうだ。

「礼を言うのはこちらの方だが？」

う、うすと大きくうなずいたところで、沈黙《ちんもく》が降りた。澄香の挙動不審《きょどうふしん》な態度を心配ゆえだと見抜いて、こんな優しい配慮《はいりょ》を示してくれる。仁はこういう男だ。見た目ばかりで

はない、心の底までイケメンなのだ。

「山田、食事は？」

今日は桜子に頼まれていたおつかいの品を持って店に寄っただけで、この後、どこかに昼食を食べにいこうと思っていたところだ。

「よければ一緒に食べていかないか？」

思い人の優しい言葉に涙が出そうになるが、勘違いしてはいけないと思う。この人は隣の部署の同僚《どうりょう》なのだ。距離を間違えてはいけないと、澄香は改めて自分に言い聞かせた。

一枚板のテーブルに向かい合う形でランチョンマットを敷く。

サーブされたのはグレー基調の粉引《こひき》と呼ばれる焼き物の皿だった。おりおり堂でまかないをいただく際、シチューや煮込《にこ》み料理などを入れて使うことが多いものだ。ざらついた手触りに温かみがあり、秋の終わりや今日のように寒い日によく似合う。微妙に表情の異なる皿が五枚あり、澄香が盛りつけをする際にはその日の気分で、少し色の濃いものを今日は誰に、とか、桜子の飼い猫《ねこ》、楓《かえで》の身体の模様に似た色溜《いろだ》まりがあるものを誰に、などと考えて一人楽しんでいた。

雨の午後、静かな厨。裸電球が投げかける柔《やわ》らかい光を受けて皿の料理から白い湯気《ゆげ》が上がっている。

ああ、洋風おでんだと澄香は思い、ふわりと立ち上るいい香りを胸まで吸い込んだ。

この料理は大変な手間と時間がかかる。まずは寸胴鍋で鶏《とり》がらと玉ねぎ、にんじん、セロリを三、四時間煮込み、ブーケガルニを加えてブイヨンを作るところからだ。

丁寧《ていねい》にアクを取ったブイヨンは澄んだ黄金色だ。そのスープでベーコンやじゃがいも、玉ねぎ、小かぶなどを煮込む。

澄香が食事を取れなくなっていた時、仁が作ってくれた思い出の料理だった。

あの時はアスパラが入っていたが、今日は小さなロールキャベツが煮込まれている。ロールキャベツは桜子の好物なのだ。ロールキャベツを見つけて頰《ほお》を緩ませる彼女の姿を想像すると、つい笑顔になってしまう。

仁に勧《すす》められるままに木製のスプーンでスープを一口飲んでみた。味つけに使う調味料は塩のみ。風邪気味の桜子のためにいつもより少し控《ひか》えめの味つけになっているようだ。

それでも、鶏がらから出た出汁《だし》とベーコンから溶け出したうまみ、それぞれの野菜の甘《あま》みが絡み合って、物足りなさを感じることはない。むしろ一つ一つの素材の味がよく分かって、しみじみとおいしい。仁という人の優しさが溶け込んでいるようだと澄香は思う。

こちらの味が薄めだからと、仁は手早くサンドイッチを作ってくれた。

「わあ懐《なつ》かしいですね」

思わず言ったのは、出会って間もない梅雨《つゆ》の朝にまったく同じサンドイッチを食べたことがあるからだ。軽くトーストしたライ麦パンに、バターをたっぷり入れたフライパンで

手早くかき混ぜて作ったスクランブルエッグ、粒マスタードで和《あ》えたささみにスライスチーズ、薄く切ったキュウリが挟んである。

サンドイッチの中身をこぼさないよう慎重《しんちょう》に持ってかじりつく。

香ばしく焼けたライ麦パンの皮の部分がサクッと音を立て、少し酸味のある独特の生地の香りが拡《ひろ》がった。遅《おく》れて口いっぱいに拡がるのは控えめなマヨネーズと和辛子《わがらし》で和えたスクランブルエッグ。ささみは酒蒸しにして粒マスタードとレモンで味付けし、細かく刻んだ大葉が入っている。スライスチーズの面に塗られたケチャップには少しだけタバスコが入っている。特に高価なものが入っているわけではないが、味に奥行きというか立体感があって、とてもおいしい。

実はこのレシピが気に入った澄香は同じサンドイッチを何度か自分で作ってみたことがあった。同じように作っているつもりなのに、仁の作った絶妙のバランスを再現することは叶《かな》わず残念《ざんねん》な思いをしていたのだ。

決まった材料やレシピで作る定番のメニューならばともかく、仁が作るサンドイッチには無限のバリエーションがある。こんな風にまったく同じ具材と同じ味つけというのは珍《めずら》しかった。味も見た目も、あちこちに潜んでいる隠し味の配分も全部、記憶の通りなのだ。

「本当にあの時と同じだ」

思わずこぼれた澄香の感想に、仁は少し恥《は》ずかしそうな笑みを浮かべ、照れたように視《し》線《せん》を横に流す。

「何か急に思いだしてしまって、記憶を頼りに作ってみたんだ」

「お、おお……。そうでしたか」

ああ、まただと澄香は内心頭を抱えている。

こんな時、ちゃんとした大人の女性ならば「どうしたの急に？　あんな昔のことを思い出すなんて」とか「嬉《うれ》しいわ。私ずっとこのサンドイッチが食べたかったの。これは私にとってとても大切な思い出の味よ。あなたにとってもそうだと考えていいのかな？」などと答える気がする。自分もそんな風に言えたなら、話が拡がり、二人の関係が進むきっかけになるかも知れないと思うのだ。

しかし、澄香には無理だ。分かっていても言葉がまとまらない。ただ、おいしいですと言いながら、サンドイッチをもぐもぐ食べ、洋風おでんのスプーンに手を伸ばす。

洋風おでんはあつあつだ。ほっくり煮えたじゃがいもに、口の中でほろりととろける小かぶ。一口大にまとめられたロールキャベツを頬ばると、合《あ》い挽《び》きと玉ねぎを混ぜた肉種からジューシーな肉汁が溢《あふ》れ出す。それでいてまるでしつこくない。よく煮込まれたキャベツの甘みにそっと抱かれているみたいな優しい味だ。桜子の不調を知り、とてつもなく手がかかるこの料理を仁は朝からここで作っていたのだろう。澄香の時もそうだったが、

どこまでも優しい人なのだ。しかし、これも言葉にするのは澄香には難しく、結局、心にとどめるだけで何も言えない。

代わりに気になっていたことを訊《き》いた。

「あの、仁さん。今日はエリカさんとお出かけだったのでは？」

澄香の問いに仁はかすかに顔を歪《ゆが》めた。

何故《なぜ》だろうと思う。丹羽《にわ》エリカは新進《しんしん》気鋭《きえい》のピアニスト。とても美しい人だ。突然現れた彼女は澄香の前から仁を奪っていった。

毎日のようにここへ来て、仁との親密《しんみつ》さを澄香に見せつけるようにしていくのだ。

「オーナーが体調を崩《くず》された時ぐらいは解放してくれと頼んだ」

解放って、高度なのろけなのだろうかと澄香は思ったが、仁は心底いやそうな顔をしているように見える。何故だろうと考え、自分の彼女の話を同僚に聞かれるのは気分が良くないものなのだろうという結論に達した。

「あと、孝《こう》の所へも行ってやりたいんだ」

孝は仁の弟だ。静岡から帰ってから体調を崩し、現在極秘入院中なのだ。体調を崩し、というよりは心のバランスを崩したと言った方が正しいかも知れない。

澄香はサンドイッチを食べながら、静岡でのできごとを思い返していた。

◆◆◆

「さあ、いざ行こうではないか諸君。この先、我《われ》らを待つのは開かずの間。これぞ秘めごとの最たるもの。鬼《おに》が出るか蛇《じゃ》が出るか」

芝居《しばい》めいたセリフを吐いたのは橘カゲオ。仁にうり二つの謎《なぞ》めいた男だった。言うまでもないが性格は真逆だ。彼は仁の百倍喋《しゃべ》る。

伊東の老舗旅館、名月館。亡くなった先代が仁に依頼したという「弔いの料理」。それが何を意味するのか澄香には分かったようで分からなかった。旅館が廃業《はいぎょう》するのならばそれは旅館にとっての死。だから弔う。葬儀の意味を持つのかと思う。

この旅館の相続人はきょうだい四人。旅館を売却するか、売らずに再興するかで意見が分かれ、もめていた。そこへ飛んで来たのは矢文《やぶみ》だ。ボウガンの矢に手紙が巻き付けられており、みなが料理を食べていた部屋の壁に突き刺《さ》さったのだ。

誰がそんなことをしたのか分からない。

差出人は怪盗大百足《かいとうおおむかで》。名前もやることも時代錯誤《さくご》な印象だが、内容は犯行予告だった。

「夢見の鳥を頂戴《ちょうだい》する」というのだ。

夢見の鳥とは蝶《ちょう》のことだ。

とりあえず、蝶々が出てきたとの目撃証言がある「開かずの間」が怪しいということで、希望者全員で向かうことになったのだ。

総勢十二人。相続人であるきょうだい四人のうち三人。旅館の見取り図に何かを書き込んでいるのは長男の宗一《そういち》。そして、次女の茂斗子《もとこ》。二人はこの旅館を売却することを望んでいる。傍らでしきりに背後を気にしているのは茂斗子の婚約者だというマサ君だ。

売却したい二人に対し、反対派のきょうだいも同じく二人いるため決着がつかず、話し合いは膠着《こうちゃく》状態だった。

旅館を売らず営業再開を望んでいるのは長女の典子と次男の優次《ゆうじ》。ただし典子はここにはいない。

きょうだいの他には仁と澄香に、仁の弟である孝、さらには大衆演劇、劇団紙吹雪《かみふぶき》の名子役の翔月未来《しょうづきみらい》も一緒だ。

未来は、カゲオを御蔭《みかげ》様の力で呼び出されたもう一人の仁だと言う。何しろカゲオという人物は嘘《うそ》みたいに仁とそっくりなのだ。澄香だって、あまり親しくない人物にそっくりの誰かがこんな風に現れたとしたら、この伝承を信じたかも知れない。

そんなカゲオは自称ロマンスの盗賊《とうぞく》だ。

情熱と書いてパッションの狩人《かりゅうど》。これも自称だ。恋愛に関してはゾンビ状態の澄香を真顔で口説《くど》けるのだ。鋼《はがね》のようなメンタルの持ち主であることは間違いなさそうだった。

カゲオにとって、自分とうり二つの顔をしながらそちら系のパッションを持たない仁の存在は信じがたいものらしい。この二人は絶対に話が合わないに違いないと澄香は思ったが、実際に顔を合わせてみると、初対面のはずの二人はなぜかたちまち意気投合したように見えて驚いた。謎だ。

カゲオは自称R国の宮廷料理人。外国人のようだし、橘カゲオというのも偽名だろう。もう色々怪しすぎて何から疑えばいいのか分からなかった。

怪しいといえば、カゲオと並んで開かずの間へ向かう一行の先頭を歩いている雨宮虎之介もそうだ。彼もまたある日突然、澄香たちの前に現れた人物だ。虎之介というのも本名ではない。本人いわく彼は記憶をすべて失っているらしいのだ。

本名はおろか、自分が何者であるのかも分からず、ある日、気がつくと大阪《おおさか》の戎橋《えびすばし》のグリコの看板近くに立っていたという。

カゲオと虎之介は別々に現れた正体不明の人物だが、澄香が見る限り、どうやらこの二人は元々知り合いのようだ。怪しさ倍増だ。

「開かずの間って響《ひび》きがもう、わくわくするじゃん。いったい中に何があるんだろうな」

虎之介はそう言ったが、ちょっとわざとらしい気もする。そもそも開かずの間へ向かうことを提案したのは虎之介なのだ。

そんな虎之介の提案に対して異常なまでの反応を見せた人がいる。この旅館の相続人で

ある長女の典子だ。普段は陽気でおおらかなくまのお母さんといったイメージの女性なのに、開かずの間に行くと聞いた途端《とたん》に彼女は豹変《ひょうへん》した。あそこは近づくだけで呪われる場所だ、絶対に開けてはならないとまくしたてたのだ。すさまじい形相だった。

その際、虎之介が放った言葉が妙に意味ありげだった。

『開かずの間という部屋に封じられているものの正体は、誰もが目を背けてきた真実なのかも知れない』

まるで部外者であるはずの虎之介がすべての答えを知っていて、ここにいる全員を誘《さそ》っているように聞こえたのだ。

「う、ぐっ……」

突然、何かを飲みこむような苦しげな声が聞こえ、物思いから引き戻された澄香は驚いて声の主《ぬし》を見やる。

非常階段の途中《とちゅう》だ。最後尾を歩いていた孝が壁に凭《もた》れるようにして目をつぶっていた。

孝は仁の弟だが、この二人はずいぶんと雰囲気《ふんいき》が違う。長身なのは同じだが、エリートらしくいつも高級なスーツを着こなし、きちんと髪を撫《な》でつけた孝は、眼鏡をかけているせいもあるのか、少し冷たい印象さえ受ける。怜悧《れいり》な美貌《びぼう》を持つ切れ者というイメージだ。

「え、孝さん？」

その孝の顔が土気色《つちけいろ》で、額《ひたい》には冷や汗が浮かんでいる。

「孝？　大丈夫《だいじょうぶ》か？」

仁が階段を数段戻り、心配そうに顔を覗《のぞ》き込《こ》んでいる。

「おやおや。弁護士《べんごし》先生に異変かい？」

先頭にいたカゲオが階段の上から駆け下りてきた。澄香も仁と共に階段を降りたので踊《おど》り場《ば》から全員の顔を見上げるような形になる。狭《せま》い階段にぎっしり詰《つ》まった人たちがそれぞれ不安そうな顔を見合わせていた。

「まさか本当に呪いが？」

きょうだいたちは戸惑《とまど》った様子だ。

「だからやめようって言ったんだよ」

元仲居《なかい》二人が青い顔を見合わせているし、マサ君は「やっぱヤバいのか」と呟《つぶや》いていた。

元仲居の二人は菱川《ひしかわ》さんと背の高いくりくりパーマの女性だ。きょうだいたちのばあやだというタケさんが典子と共に残ったため、内部の位置関係に詳しい菱川さんたちが道順を示すためカゲオたちの後ろを歩いていたのだ。

「やっぱりやめよう。戻りましょうよ。本当に恐ろしいんだよ、ここの開かずの間はさあ。何人もケガ人が出てるし、死んじゃった人もいるって話だ。近づいただけで祟《たた》りがあるってんだよ。この人が何よりの証拠じゃないか」

「この方は昨日もここへ来てるの。だから呪いが強く出てるんじゃないですか？」

「ってことはあたしらも祟られるんじゃ？」

いやだあと泣き声をあげる二人の仲居に虎之介があははと笑う。

「だーいじょーぶだって。呪いが発動すんのには多分条件があんだよね。このお兄さん以外は全員、条件に該当しないから大丈夫」

「おい。それは本当なのか？」

勢いこんで言ったのはマサ君だった。虎之介を摑《つか》み、がくがくと肩を揺さぶった。

「おたく？　あーとりあえずは大丈夫なんじゃね？　知らんけど」

「適当なことを言うな。ちゃんと答えろよ」

「いやいや。自分も呪いや祟りの専門家じゃないんで。ちょーっと無理っすね」

虎之介は黙っていればお人形めいた美少女のようだ。いや、男なのは分かっているが、あまりにも顔が可愛らしいのでついそんな風に思ってしまう。その可愛い顔から無愛想な男の声が出てきて、マサ君はショックを受けたようだ。

そんなやりとりを尻目に、孝の様子をじっと見ていた仁が言った。

「孝、無理するな。お前は戻った方がいい」

仁の言葉に孝は大きく目を見開く。

「は？　な、何言ってんだ。行くに決まってるだろ。だいたい呪いって何だよ。俺はそんなまやかしに負けるつもりはないからな」

孝の表情や呼吸は苦しげだが、言葉はいつも通り勝ち気なものだった。

仁は詰めていた息を吐いたようだ。

「そう、か……。分かった。一緒に行こう。だが、絶対に無理はするな。それ以上具合が悪くなったらすぐに言え」

そう言うと、孝に肩を貸す形で一段ずつゆっくりと階段を上り始めていた。

と、前方でうわあと声が上がった。優次だ。

「これはまた何ともおどろおどろしいな」

そう言って宗一や茂斗子と顔を見合わせている。宗一も青い顔で言葉も出ない様子だ。潜《くぐ》り戸《ど》のような小さな扉を抜けた先に狭く急な階段があり、上り切った先に扉がある。どうやらそこが噂《うわさ》の開かずの間らしかった。

木の一枚板を使った古い扉だ。真鍮《しんちゅう》の取っ手にひっかける形で錆《さ》びた鎖《くさり》が延び、階段の手すりに巻きつけられ、南京錠《なんきんじょう》で封印されている。それだけでも異様なのに、扉には不気味なお札《ふだ》が何枚も貼《は》られていた。

「カゲちゃんさあ、秘めごとがどうとか言ってたけど、開かずの間ってそもそも何なの、ここまでえぐいとは聞いてないんですけど」

虎之介がカゲオを振り返り言う。

「開かずの間とは人為的なものだからね。閉ざすにはもちろん理由がある。外からの侵入

を拒《こば》むか、中から出てくるものを阻むかの二択だ。だが、この統一性のないお札の数々。あまりに節操《せっそう》がない。宗教戦争が起こりかねないじゃないか。まあ、何だね。これだけの数のお札があっても、ここに神仏の加護はないだろうさ」

「どういう意味だ？」宗一が訊いた。

「簡単《かんたん》な話だ。信仰《しんこう》という名の魂《たましい》がこめられていない、これはフェイクだよ」

和紙が汚れたり破れたり、字がかすれたりしているのが、ちょっと作り物っぽく見えるのは確かだった。

「ま、見られては困るものを、こんな眉《まゆ》つばものの細工で封印したという辺りかな」

「見られて困るものって何？」

虎之介が訊く。

「そりゃ君、白日《はくじつ》の下にさらすことのできない怪物や異形《いぎょう》。あとはそうだな、座敷牢《ざしきろう》に閉じ込めておきたかった誰かとか」

「うおぉ。激ヤバ物件じゃんそれ」

おい、と声をかけたのは宗一だ。

「いい加減にしろ。うちの旅館を侮辱《ぶじょく》するな。名誉毀損《めいよきそん》で訴えるぞ」

カゲオが、おやと眉を上げた。

「これは失敬。一般論のつもりだったが、お気に触ったのならば申し訳ない。しかし、あ

なたは売却推進派だと思っていたが、やはり生家《せいか》は大切と見える」

　そう言われ、宗一は怯《ひる》んだ。

「なっ……。べ、別にそういうわけじゃない。ほら、何だ。妙な噂が立って値が下がっては一大事だからな」

「なるほど？　まあ、そういうことにしておくとしようか。貴館の名誉のためにも早急に開くとするかな。では、長男殿。さあどうぞ。いざご開帳《かいちょう》を」

　西洋の騎士《きし》みたいに頭を下げるカゲオに宗一は目を剝《む》き、彼の手が指している扉を見て、カゲオを見て、鎖を見て、最後に周囲を見回した。

「な、何故私がやらなきゃならん？　鍵《かぎ》もないじゃないか。どうやって開けろと言うんだ」

「鍵っすか？　ははっ。実はこの手のヤツはこれで十分なんだよなぁ」

　虎之介がそう言い、ポケットから取り出した針金を南京錠の鍵穴に差し込むと、ものの数秒でカチッと音がして鍵が開いてしまった。手早く鎖をほどくと虎之介はにこにこ笑いながら言う。

「さ、さ。どうぞぉ。ご長男さん？」

　いよいよ宗一の顔色が悪くなる。

「しっ、しかしだな。このお札が」

その時だ。階段の下から誰かが駆け上がって来たと思うと、覆《おお》いかぶさるように取っ手に取りついた。

「危ないっ、坊ちゃま。なりませんっ！」

全身を激しく震わせながら必死に叫んでいるのは後に残ったはずのタケさんだった。

「ばあや？」

宗一はあっけにとられている。

「ここを開けてはなりません。祟りが、恐ろしい祟りがあるのです。絶対にダメ。あなた方は知らないから、そんな無責任なことを。どれほど恐ろしいものがここにあるのか知らないでしょう。何故、そっとしておいてはいけないのです？　何故あなたたちはそこまでして、ここを開けようとするのですっ」

震える声で必死に訴える。

タケさんの言葉の大半はこの場を主導しているカゲオと虎之介に向けられているようだ。彼らはどう思っているのかと見ると、二人とも無表情だった。笑ってもいないし、戸惑ってさえいないように見える。

なんで？　と思う。変わった人なのは確かだが、澄香はカゲオに対して決して悪い印象は持っていないし、虎之介だっていいヤツだ。その二人がこれほど真摯《しんし》な老女の訴えに反応しないというのが信じられなかった。

「いいのかい、長男さん？　臭《くさ》いものに蓋《ふた》をしたままで売却なんて、社会人としてのあなたの矜持《きょうじ》が許《ゆる》さないんじゃないのかい？」

　カゲオの言葉に宗一ははっとしたようだ。

「そ、そうだな。ばあや、どきなさい。ここを閉ざしたままじゃ前に進めないんだ」

「ぼっちゃま……。これほど言っても分かっては下さらないのですね」

　皺《しわ》の多い顔にはらはらと涙が落ちる。

「分かりました。ですが、大切なぼっちゃまたちに祟りがいくようなことがあっては、亡きご主人や奥様にばあやは顔向けできません。私が扉を開きます。いいえ、止めないで下さい。祟りは最初に扉を開けた人間がかぶるのだと聞きました。今こそ、これまでお世話になった皆様のご恩に報いる時です」

「待て、ばあや！」

「タケさんっ」

　悲鳴のような声が上がる中、タケさんが扉に手をかける。

「おい、どけ貴様っ。どかないか」

「ちょっと待って、ばあや」

　怒声を上げたのは宗一と優次だ。カゲオと虎之介がタケさんの両脇に立っていて、彼らが伸ばした手が阻まれたのだ。

一瞬《いっしゅん》のことだった。扉を開けた瞬間《しゅんかん》、タケさんは感電したように大きく身を震わせたと思うと、様子が一変した。すっと表情が消え、まるで何かに操《あやつ》られているかのようにふらふらと扉の中によろめき入る。

ばたんと音を立て、扉が閉まった。

我に返った皆が扉を開けようとしているが、びくともしない。

「タケさん、大丈夫なの？」

「ばあや、返事をしろ」

皆が口々に言って扉を叩《たた》いている。鍵を開けるような音がして、ぎいっと扉が開く。

「ばあやっ」

叫びが悲鳴に変わった。扉から姿を現したタケさんは恐ろしい声をあげると、血を吐いたのだ。転げ回り、ずりずりと階段を落ちていく。タケさんは自分の胸の辺りを両手でつかみ、のけぞり、上体を前後に揺らしていた。

「ど、どうしよう。救急車呼ばないと」

「待てよ、祟りだったら医者じゃないだろ。お寺、うちの菩提寺《ぼだいじ》に連絡《れんらく》しろ」

パニック状態のきょうだいや元仲居を制し、冷ややかな声で虎之介が言った。

「ええー、でもさあ、こんなヤバい開かずの間の存在が外部に知られてもいいの？　どうすんのさこれ。客商売としちゃ致命的じゃん」

「ふざけんな」

宗一が虎之介の胸倉を掴む。

「旅館の評判なんかよりばあやの方が大事に決まってるだろ」

「そうだよ。ばあや、しっかりして。大丈夫だからね」

茂斗子がタケさんを助け起こしている。

「嬢《じょう》ちゃま、坊《ぼっ》ちゃま方。私はどうなってもいいのです。ど、どうか、どうかここへ入るなんて。この部屋を暴くなんて危ないことは、絶対になさらないでくださいまし」

タケさんは必死で言い募《つの》る。

「ああ、ばあやが身をもって守ってくれたんだもんな。分かった。分かったよ。絶対に開けない。もうこんなことはやめような。うんうん、約束するよ」

「そうだな。いざとなったらこのままこの部屋だけどこかに移築するとか考えるか」

「売らなきゃいいだけじゃないか」

「その話は後だ。まずはばあやを運んで布団《ふとん》に寝かせよう」

タケさんは「ああ、ああ、坊ちゃまたち。もったいない」と涙を流している。

「良かったねえタケさん」菱川さんがタケさんの手を握りながら、涙ぐんでいる。

ははっと笑う声が聞こえた。

「何と素晴らしい感動の一幕。いやはや、なかなかに見応えのある見世物《みせもの》でしたよ」

「何だと⁉」

カゲオはいきり立つ宗一らを手で制した。

「まあまあ。ここは皆さん、まずは彼女の演技力を讃《たた》えるべきだろう。大したものだよ。主演女優賞は文句なし、あなたに決まりだ。ねえ、タケさんとやら？」

ぱちぱちと拍手《はくしゅ》をして言う。

「お前、何をわけの分からんことを」

「まったく驚いたよ。まさかあなたのような上品な女性がこんな芝居までするとはね」

「芝居？　血を吐いたんだぞ？　それをこんな、こんなにも苦しんでる人間を前によくそんなことが言えるな。この冷血漢が」

「本当だよう。あんまりじゃないか」

宗一の罵倒《ばとう》や元仲居たちからの抗議に顔色一つ変えずカゲオは階段に屈《かが》み込み、タケさんの顔を覗き込むようにして言った。

「聞いたかい？　あなたは大層このごきょうだいたちから愛されているようだ。恐らくあなたが彼らにかけた愛情が返ってきたのだろうね。さぞ喜ばしいだろうに。こんな形で彼らの気持ちを試すようなことをして本当に良かったのかい？」

不意に苦しげなタケさんの声が止まる。

「イチゴ味の血糊《ちのり》の感想はどうだい？　しかし、ねえ、そこまでして守りたいものとは何

だろうな。何より大切なのは彼らの真心のはず。それを踏《ふ》みにじってまで守る価値があるのかい？」

　タケさんが息を呑《の》むのが分かった。

「それは……」

　ぎゃああとタケさんが叫び、階段から身を投げ出そうとしたのをカゲオが抱き止める。

「おっと危ない」

「離して下さい。私は呪われた身です。こうしている間にも皆さんに災厄《さいやく》が降りかかってしまう。皆さま、私から離れて下さいまし」

　泣き嗄《か》れた声で必死に叫びもがく老女の姿に、事情は分からないまま澄香は心から同情していた。まったく表情を変えず余裕ある態度を見せるカゲオが憎らしく思えてくる。

　何とかカゲオの気持ちを変えさせることはできないだろうかと考えている時だった。

「もういいだよ、ばあや」

　階段の下からよく通る声が聞こえた。

「典子お嬢様⁉」

　誰よりも驚いているのはタケさんのようだった。階段から半身を乗り出した姿勢《しせい》で大きく目を見開き、ぶるぶると首を振っている。

「なりませんっ。ここへ来てはなりません」

典子は大きな身体で一段一段階段を上りながら、柔らかい表情でほほえみかける。

「もういいだもういいだ。もう止《や》めよう。多分、この人たちには全部知られてしまってる」

開かずの間に向かうのを止めた際にまとっていた異様な雰囲気は姿を消し、妙にさっぱりした表情の彼女がいた。

「ですが、お嬢様っ」

「ありがとな、ばあや。だども、もういいだ」

日本昔話の村人みたいな口調でねぎらうように言われ、タケさんはくっと声を飲み込み、顔を覆って泣き出した。

「では扉を開けてもさしつかえないかい？」

「んだな。だども、やるのは私だ」

そう言って、典子は取っ手に手をかけ、一気に扉を開く。

誰かがひっと声を上げた。ざわめく人々越しに、澄香も恐る恐る中を覗いてみたが内部は真っ暗だ。目をこらしても何も見えない。

ものが沢山あって危ないとのことで、典子が先に入り明かりを確保するという。

この部屋は扉を入ってすぐのところに下の客間よりずっと狭い上《あ》がり框《がまち》がある。スリッパを脱いだ典子は襖《ふすま》を開けて中へ入っていった。

奥まで進んだ彼女は突き当たりで何かしている。どうやら窓辺にかけられたカーテンを開けたようだ。窓から光が射し込んで来た瞬間、うわっと声が上がった。

「蝶？」

狭い階段の上部の壁に蝶の影《かげ》が写し出されているのに驚く。

「まどかちゃんが言ってたのはこれか」

虎之介の呟きに澄香は首を傾《かし》げた。

以前『骨董・おりおり堂』に併設《へいせつ》されたカフェの常連であるタクシードライバーの菜《な》都《つ》実《み》が忘れものを持ち込んできたことがある。江戸時代の笄《こうがい》だった。

その笄に彫《ほ》られた蝶の細工について、たまたまその場に居合わせた典子の娘まどかが同じ蝶を見たことがあると言っていたのだそうだ。

「まったく同じってわけじゃないけど、この彫刻《ちょうこく》の感じがよく似てるんじゃないかな」

虎之介が示したのは室内の入口近くに置かれた鏡だった。その裏面に蝶が彫り込まれているらしい。

「中に入っても大丈夫なんだろうな？」

「あたしはいやだよう」などと言い合いながらも順にスリッパを脱ぎ、中に入った人たちに太陽光が遮《さえぎ》られ、蝶の影は消えてしまっている。

「ふうむ」と屈み込んだのはカゲオだ。

鏡が置かれているのは赤い漆塗《うるしぬ》りの長持ちだ。縦百八十センチ、横八十センチ程度の長持ちを台にして様々な調度品が並べられている。その中央に鏡があった。

鏡面は直径が二十センチ程度の円形で持ち手がついている。柄鏡《えかがみ》といわれるもので、骨董の勉強中である澄香には詳しいことまで分からなかったが、恐らく江戸時代のものかと思われた。

立てかけられた鏡を台座ごと動かして裏面を覗き込んでいたカゲオが言う。

「これはいわゆる魔鏡《まきょう》。あなた方も名前ぐらいは聞いたことあるんじゃないか？」

「魔鏡って、悪魔の鏡ってことかい？」

恐ろしそうに訊く菱川さんにカゲオは愉快《ゆかい》そうに笑った。

「いや。そういうわけじゃない。光が反射《はんしゃ》する際にわずかな凹凸《おうとつ》を拾って像を結ぶものでね、裏側の彫刻が……ほら蝶々だ。あんな風に映るのは不思議だね。種明かしすれば単純な仕組みなんだけれど、神秘的だろう？　隠れキリシタンがキリストやマリア像などを鏡に忍ばせていたというのは有名な話だね」

へえーと菱川さんが感心している。

「何だこれは。どうなってるんだこの部屋は」

部屋に入った宗一が困惑《こんわく》したような声を上げた。

「この部屋はいったい何なの？　これは親父《おやじ》の隠し財産ってこと？　でも、ちょっと変だ

よ。あれは。ねえ、あれはいったい何なの？」

先行した人々の戸惑う声に鏡を見ていた澄香は顔を上げた。一体何がそんなに不思議なのだろうと思うが、彼らの向こうにモスグリーンの何かがちらりと見えただけだ。

「場合によっちゃ税務署が黙ってないぞこれは。あ、ちょっとおりおり堂さん。これらがどのような品か分かりませんか」

そう言った宗一と目が合ってしまった。

「え？　いえ、申し訳ないのですが、私は修業中の身でそのような大それたことは」

もごもごと言いつつもカゲオに背中を押され、仕方なくスリッパを脱いで室内に足を踏み入れた澄香は内部を見てあっけにとられた。

骨董屋の蔵にでも迷い込んだような光景が拡がっていたからだ。

壺《つぼ》や茶碗《ちゃわん》、金の蒔絵《まきえ》に螺鈿《らでん》細工。仏像や刀剣《とうけん》、美麗な掛《か》け軸《じく》や宝石と、一目見て高価と分かる美術品が所狭しと並べられている。

だが、何よりも目を引くのは右手の壁際に置かれたモスグリーンの箱だった。

これは一体何なのか？　異様な姿に澄香はその物体から目を離せずにいる。幅は一メートル程度。高さは天井《てんじょう》近くまであり、奥行きも同程度、二メートル近くはありそうだ。

天井に近い頂点の部分が尖《とが》っていて、正面から見ると西洋の棺桶《かんおけ》みたいだった。

棺桶？　誰かの遺骸《いがい》を収め、お札で封印しているとか？　って、そんなバカなことない

か——。澄香は慌《あわ》てて不穏《ふおん》な考えを打ち消す。

大体、棺桶にこんな奥行きがあるのも変だ。素材は強化プラスティックかとも思ったが、近づいてよく見ると和紙を何枚も貼り合わせ上からコーティングしてあるようだ。入口にあたる部分だけは紗《しゃ》のような薄い生地を何枚も重ねてあり内部は見えない。

「何の箱ですかこれ？」

「いや、僕らにもまったく」

優次はお手上げだというように首を振る。

典子やタケさんに訊きたいと思ったが、タケさんは廊下で座り込んでいたし、典子もいつの間にか、その傍らで目をつぶっている。声をかけられる雰囲気ではなかった。

それにしても異様なのは美術品や骨董の向きだった。直接台の上に置かれているもの、ガラスケースに入っているもの、と様々だが、そのすべてがモスグリーンの箱の方に向けられている。箱の前で見回してみると、すべてが箱を中心に、ぐるりと取り囲んでいるのだ。何だか無性に怖《こわ》くなった。

「ここにあるものがどのくらいの価値なのか分かりませんか」

優次に訊かれ、澄香は困った。

「あの、私はまだ勉強中の身なので、見てすぐに価値が分かる程ではないんです……。素晴らしいお品ばかりだとは思いますが」

そうは言ったものの、澄香は戸惑っていた。

桜子のお供で価値のある骨董品を見て歩いたこともあるし、勉強を始めてから美術館や博物館をこまめに回って、できるだけ色んな品を見るようにしてきた。その結果、分からないながらも言えることがある。

国宝や重要文化財クラスの美術品には本物だけが持つ独特の輝《かがや》きがある。展示室のガラスケースの前に立って向き合っていると、長い年月を経《へ》て大切に守り継がれてきた名品だけが放つ気品やたたずまいのようなものを感じることがあるのだ。

ここにある品々のどれもが強化ガラス越しに見た名品と遜色《そんしょく》ないように思えた。

でも、そんなことってあるのだろうか？

もし、すべて本物だとしたら、その価値は何億円どころではすまないかも知れない。

それに、これ……。澄香には先ほどから気になっている品があった。美しい絵付けの大皿の陰に隠すようにして置かれている仏像を写真で見たことがある気がするのだ。

美しさや古さだけではなく、世の中にはその来歴ゆえに高い価値を持つ品がある。

一目見て仏像を特定できるほど詳しくはなかったが、鎌倉時代の高名な仏師快慶《かいけい》の作といわれ、海外流出したとされているものに酷似《こくじ》しているように思えてならなかった。

レプリカ？　それともよく似た別物なのだろうか――。

現在、あの仏像がどこにあるのか。海外から返還され、どこかのお寺か博物館にあるの

だろうと根拠もなく考えていたが、詳しいことは知らない。ただ、早い時期に国宝か重要文化財の指定がなされていたのは確かだ。

　桜子について勉強を始めるまで、国宝や重要文化財のような価値の高いものは、何となくすべて博物館や美術館にあるものだと思いこんでいたが、実は個人蔵のものも存在する。先祖代々その家に受け継がれている家宝が国宝、重要文化財の指定を受けているケースも珍しくはないのだ。

　だが、それを個人間で売買するのは困難だ。売却する際にはまず国に届け出をする必要がある。それを受けた国は審査をし、必要と認めれば国が優先して買い取る権利を持つ。文化を大切に守り継ぐために適切に保管し、できれば多くの人が鑑賞できるようにするためだ。つまり、世の中にはどれほど熱心な収集家であっても絶対に手に入れることのできない美術品というのが存在するのだ。

　もし、ここにある仏像が本物だとすると間違いなくそれだ。仮に売却するとしたら、恐らく一体で何億円、もしかすると十億を超える値がつくだろうと思われた。

　いやまさかね……。そんなとんでもないものがこんなところにあるわけがないか――。

　こんなところとはいうものの、この部屋の空気は美術館や博物館に近かった。室温も湿度も外とは異なるようだ。閉ざされた部屋のはずなのにかび臭さもないし不快《ふかい》な感じがしないのは空調が効いているせいらしい。

　高温や多湿、紫外線などにさらすと美術品の劣化《れっか》を早めてしまうが、よく見るとこの部屋にはそれなりの空調装置《そうち》があり、きちんとガラスケースに収められているものもある。ということは、先代はやはりここに財産を隠していたということなのだろうか？

　しかし、いったいこれだけのものをどうやって集めたのか？　澄香は信じられないものを見ているような気がしてきた。

　オーと声が上がる。カゲオと虎之介がタブレットを覗き込んでいるのが見えた。

「こいつは大変だ。皆さん、ここに集まっていただこう。まずはこれを見てくれたまえ」

　カゲオが高く掲げたタブレットの画面は左右に二分割され、同じ香炉《こうろ》の画像が映し出されている。カゲオの目の前、造り付けの違《ちが》い棚《だな》に置かれたものだ。左右の画像をまたぐようにして文字と数字が出ている。英語とフランス語のようだ。

「なんて書いてあるんだい？」

　菱川さんの問いにカゲオはうなずいた。

「九十九パーセント以上の確率で特徴が一致しているとのことだ」

「何と何が一致してんの？」

「まずはこのサイトの説明からしよう」

　カゲオはそう言って、画面を指さした。

「まず右側の画像は今、まさに取り込んだこれさ。ここにある香炉の撮りたてホヤホヤの

映像だね。そして左側は国際刑事警察機構、インターポールのデータベースにアクセスし、特徴が似たものを検索した結果ヒットしたもの。それをAIが精査する仕組みだ。AI君は検証の結果、この二つが同一である可能性がこの上なく高いと言っているわけだ」

えっ？　と思った。

「ICPOってヤツか。それはいったい何のデータベースなんだ？」

腑《ふ》に落ちないといった顔で宗一が訊く。

「所在不明となっている文化財の一覧だ。戦時の混乱でどこかへ消えた、あるいは不心《ふこころ》得者《えもの》によって盗まれた、なんて不幸な経緯ののち世界中で行方不明になっている文化財を網羅《もうら》し、国際的に情報を共有している。通称盗品照合データベースさ」

「盗品？」

「なんでそんなものがうちにあるの？」

茂斗子も信じられないといった顔をしている。混乱しているきょうだいに構わず、カゲオと虎之介は片っ端から美術品を撮影し、次々に照合をかけていく。結局、この部屋にあるほとんどすべてのものが国際的な盗品リストに載っていることが分かった。

「そんなはずはない。何かの間違いだ。そのサイトとやらも本物かどうか怪しいものだ」

「おやおや、そう来たか。それでは日本の警察に来てもらうことにしよう。実は文化庁や警察庁の方とはもう話ができていてね。とりあえず現場保存のために静岡県警に応援を要

請している」

カゲオが指を一本立てて示す。一瞬しんとした室内には空調の音、さらに耳を澄ませると遠くからパトカーのサイレンが聞こえ、宗一は顔色をなくした。

「勝手なことを言うな。そんなことは許さんぞ。ここはうちの敷地だ。警察を入れるなんて誰が許可した？」

カゲオは顔をしかめ首を傾げる。

「やれやれ、物わかりの悪い御仁《ごじん》だな。よろしいかな？　ここへ警察を招じ入れるのにあなた方の許可など必要ないのだ。ここにある美術品の多くに盗難届が出されているのだよ」

「冗談じゃない。うちが、この名月館が、そんな犯罪に関わるはずがない」

怒りに震える宗一にカゲオがうなずく。

「そうだな。それはそうだろう。私もよもやこの旅館ぐるみでこの大罪に手を染めたなどと言うつもりはないさ。何しろ……」

カゲオは言葉を切り、中世貴族のようなジャケット姿で華麗《かれい》に前髪をかきあげる。

「きちんと対価を支払って手に入れているのだから、少なくとも窃取《せっしゅ》したわけではない」

「対価？　えっ、でもさあ、ここにあるのって何十億とかの価値があるんじゃないの？」

虎之介の言葉に皆が顔を見合わせる。

「何十億だって？　そんな金……、そこまでの資力がうちにあるはずないだろう」

「おたくの台所事情は知らないが、正価で買ったわけではないんだよ、おそらくね。その百分の一か、あるいは千分の一かも知れない。この部屋を作った主がご自身の手持ちで十分支払える程度の金額だったんだと思うよ」

　言いながらカゲオは入口に向かう。

「そうだろう？　違うかい？」と見やったのは部屋の外で正座《せいざ》をしている典子だった。

「典子っ、まさか犯人はお前か」

　典子は大きな身体で深々と頭を下げた。

「すべてをお話ししますだ。だども、外部の人は遠慮願いてえ。すみませんが、席を外していただけませんか」

　その言葉は澄香や仁に向けられたものだ。

「ほほう。これはまた奇妙なことを。あなたは自分の血縁者と仲居の皆さんだけがこの事件の当事者だと思っているのかい？」

　典子は意味が分からないと言いたげな表情でカゲオを見上げた。

「ご覧よ、彼を」

　そう言ってカゲオが指し示したのは非常階段の踊り場の隅で蹲《うずくま》っている孝と、寄り添っている仁の姿だった。

「彼は一身に開かずの間の呪いを受けて苦しんでいる。気の毒だとは思わないか？」

典子は不審げな顔をした。

「開かずの間の呪いなんて本当はないだ。その人は本当に具合が悪いのではないんですか？　救急車を呼んだ方がいいんじゃ……」

「いやいや、孝ちんのあれは本物の呪いだよ」

そう言ったのは虎之介だ。

「開かずの間の呪いはあるんだよ。ただし、それは孝ちんにしか効かない」

「そんなはずは。だってあの呪いは人を近づけないために私らが作った物語で」

「おっと、重要な事実の告白じゃん」

虎之介の言葉に典子ははっとしたように口をつぐんだ。

「彼を蝕《むしば》んでいるのは記憶だ。忌《い》まわしい記憶。どうだい弁護士先生、立てるかい？　あなたは呪いを解かなければならない。少々手荒いがどうか辛抱《しんぼう》してくれたまえ。さあ諸君、開かずの間の中に戻ろうではないか。警察が来るまでにカタをつけよう」

澄香もそうだが、言われた人たちもみな事態が呑み込めていない様子だ。

カゲオと虎之介は明らかに何かを知っており、それを皆に知らせようとしているようだ。

皆といっても、少なくとも典子とタケさんは事情を知っていると思われる。彼女たちが隠している何か。それはこの部屋に置かれた盗品美術品のことなのか？

でもなんで？　澄香は首を傾げる。

盗品と孝に何の関係があるのだろう。孝と美術品はまったく結びつかないが、仕事か何かで関わった？　そしてそれが呪いになった？　いや、最初に呪いの話を持ち出したのは典子だ。その彼女が実は呪いは存在しないと言っている。カゲオの言った記憶が孝を蝕んでいるとはどういう意味なのだろう。

澄香は屈んでいる仁の背中越しに孝を見やり、まるで死人のようだと思った。孝は苦しげに目をつぶり、蒼白だ。あまりに静かでもう呼吸をしていないようにも見えて焦《あせ》る。典子が言ったように別の病気か何かで危険な状態にあるのではないかと思った。

「あの、仁さん。本当に救急車を呼ばなくて大丈夫なんでしょうか」

仁は少し考えるそぶりを見せたが、「いや、いい」と言った。

「孝、立てるか？」

仁の問いに孝は目を閉じたままうなずく。

「僕の肩も貸そうか？　そちらの彼と同じ顔なのも何かの縁だ。どうか僕のことも兄と思って遠慮なく寄りかかってくれたまえよ」

孝は仁になかば抱き上げられるようにして立ち上がり言った。

「必要ない……。呪い、が何だ。自分のことは自分でケリをつけてやる……それに、俺の兄は仁だけだ」

「ＯＫ。ならばいこう」

モスグリーンの箱の前に立ち、頂点の辺りを仰ぎ見ていたカゲオがこちらに向き直る。

「この内部に何があるのか、誰か確認してくれないか。そうだな、まずは優次君。それから弁護士先生でどうだろう」

「危険性はないのか？」と宗一が訊く。

「どうだろうね、仁さん？　あんたは中を見たことがあるんだろ？」

カゲオの言葉にえっと思った。そういえば仁は高校生の時にこの旅館を訪れたことがあるという話だった。その頃からこの箱はここにあったということなのか？　意外に思ったのは澄香だけではなかったようで、きょうだいや元仲居たちがざわめいている。

「昔見たままなら危険はないだろう。その後に何か変化があったなら分からないが」

そう言う仁の横顔が何故か悲しげで、隣にいる澄香は理由も分からぬまま胸をかきむしられるような思いがした。

「ああ、その点は心配ご無用だ。ここは一種の聖域だ。誰もこの箱に近づかないよう部屋を封印したというのも一つの真実。侵すものはいなかった。違うかい？　典子さん」

典子がうなだれたままうなずく。

澄香は腕に鳥肌《とりはだ》が立つのを感じた。

この箱を守るために部屋を封印した。開かずの間として呪いの噂を作り、誰も近づかな

いようにした。それはこの箱を守るため？　では、すべて箱の方を向けられている盗品文化財は何なのか？

　何かとんでもない事実が暴かれようとしている気がして、優次に助けられながら、モスグリーンの巨大な箱の入口の布を掻《か》き分けて入る孝の姿を固唾《かたず》を飲んで見守っている。

　中から「あっ」と声が聞こえた。優次だ。

「ええっ？　嘘だろ。何これ」

　信じられないといった声に、わずかな憤《いきどお》りの色が混じっている。

「わ、ちょっと大丈夫ですか？　すみません、誰か手を貸して。弁護士さんが倒れられて」

　仁が箱の中へ飛び込んで行く。

　仁と優次に両側から支えられ出てきた孝は意識がないようだ。救急車を、と焦る人々を制し、このままここで休ませるとだけ言って、仁は虎之介の助けで孝を部屋の隅に寝かせている。眉を寄せ苦しげに眠る孝の傍らにしゃがみ、顔を覗き込んでいたカゲオが仁に言った。

「悪いな荒療治で」

「いやいい。ここから立ち直れるかどうかはこいつ次第だ」

「あんたも苦労するな、お兄ちゃん」

仁の肩をポンと叩いて、カゲオが立ち上がる。その間に交替で箱の中に入った人たちは一様に顔を青くして出てきていた。

誰も言葉を発さない。

「さあ私のなでしこ。君も見せてもらってはどうだい？」

カゲオに促《うなが》され、澄香はえっと声を上げる。

「私なんかが見せていただいてもいいものなんでしょうか？」

宗一と目が合った。

「どうぞ構いません。多分、見ても面白くはないだろうが。まったく、こんなものがあったとは。お恥ずかしい限りですよ」

こちらに向けられたものでないのは分かっているが、苦々しげな表情と吐き捨てるような言葉は澄香を躊躇《ちゅうちょ》させるに十分だった。

遠慮する澄香にカゲオは片目をつぶり、きらきらと音がしそうなウインクをした。

「なに遠慮することはない。君は知るべきだ」

知るべきだって、あの箱の中身を？　私が？　なんで？　言葉には出さなかったが澄香の頭は疑問で一杯だ。確かに中を見てみたいという好奇心はあるが、皆の反応を見る限り、愉快なものではなさそうだ。それに、理由は分からないが誰かが大切に隠していたものだ。そんな秘密に部外者の自分が興味本位で触れていいものだろうかとも思う。

「慎み深いなでしこよ。よもや先ほど典子ママが言った言葉を気にしているのかい？　部外者は遠慮して欲しいだったかな。だけどね、実はあなたも部外者ではないんだよ」

「えっ？」

「人は一人で生きているわけではない。隣人や恋人、家族はもちろんご先祖なんかとまで複雑に交差し絡み合っている。それこそ人生の醍醐味《だいごみ》とも言えるが。そんなわけでね、まったく思いもしないところからあなたの人生が影響を受けることだってあるんだよ」

「あの……それってどういう？」

まるでこの箱と澄香の人生に何かの関係があるみたいじゃないかと思った。

「言ったろ？　ここにいる全員が当事者なのさ。呪縛《じゅばく》に囚《とら》われ前へ進めないもの、罪が暴かれる審判の日に怯《おび》え、待ち暮らしている者。そして思いがけない悪影響からすれ違おうとしている哀《あわ》れな恋人たち。さあ、時は満ちた。今こそすべての因縁から解放される時だ」

　背中を押されるまま、澄香は箱の入口ののれんのような布の襞《ひだ》をくぐる。紗のような薄い布には金糸銀糸が織《お》り込まれているようで、きらきらと光の粒が躍っている。

　内部はぼんやりとした明かりで照らされていた。蝋燭《ろうそく》が数本灯っているのだ。先に入った誰かが火を灯した様子もなかった。となるとずっと点火されていることになる。危ないのではと思ったが、よく見るとＬＥＤで蝋燭の火を模したもののようだ。その光は揺れる。

まるで風に吹かれているみたいにゆらゆらと箱の内部を照らしているのだ。

映し出された光景に澄香は言葉が出なかった。部屋だ。それも子供部屋のようで、狭い空間に学習机、教科書やマンガが並ぶ本棚、サッカーボールが詰め込まれている。小学生の男の子の部屋をぎゅっと圧縮《あっしゅく》したような空間だった。しかし異様なのはそこではない。壁や天井に隙間《すきま》なく写真が貼られていた。何百枚あるだろう。赤ちゃん、幼稚園児《ようちえんじ》、小学校の入学式らしき記念写真。多分同じ子供だ。映画で見た、思いをこじらせ執着を募らせたストーカーの部屋ととてもよく似ていた。

この空間に長居をしてはいけない――。

本能が警告する。写真の少年の笑顔や泣き顔が蠟燭の明かりに揺れて、不意に浮き上がって来そうで恐ろしい。

歪んだ何か、過剰な圧力がじみじみと音を立てて迫って来るような気がする。

「はあっ……」

入口の布が顔に絡みついてくるようだ。不思議に温度のある感じで不気味だ。何枚も重なったモスグリーンの布を掻き分け、もがくように外へ飛び出し、一瞬、深く呼吸した。

顔を上げた澄香は、周囲に並ぶ美術品がすべてこちらを向いているのに気づいて思わず悲鳴を飲み込んだ。仏像の目、掛け軸の女性。人物だけではない。香炉や茶碗、刀や小さな装飾品までこちらを見ているようだ。まるで美術品たちに監視《かんし》されているみたいだった。

「あの、この部屋はいったい……」

訊《たず》ねていいものかと思ったが、黙っているのもおかしい気がして澄香は訊いた。

「中の写真はすべて亡くなった拓三《たくみ》君のものだそうだよ」

やっぱり……。予想はしていたが改めて聞くと重苦しい気持ちで一杯になった。

この家ではかつてきょうだいの末っ子、拓三が事故で亡くなっている。彼の使っていた机や本を並べ、壁に写真を貼ることで、思い出をそのまま保存しようとしたのだろう。

「いささか常軌《じょうき》を逸《いっ》しているが、子供を亡くした母親が密《ひそ》かに追悼の場を作り、彼を偲《しの》んでいたのなら誰が彼女を責められるだろう」

沈痛な面持ちのカゲオに澄香は何も言えず、ただうなずいた。

「だがね、真相は違うんだ。これはそんなきれいな話ではなかった。何しろここは生《い》け贄《にえ》の魂を奪う呪詛《じゅそ》の部屋なのだから」

「え？」

「は？　何だって？」

澄香以上に驚いた声をあげたのはきょうだいたちだった。

生け贄の魂を奪う？

カゲオのことだ。悪趣味な冗談だろうと思いたかったが、箱の中の異様な雰囲気を思えば笑い飛ばすこともできず、澄香は硬直している。

「さっき典子ママからご紹介があった通り、この地域、いやそれもごく一部には御蔭信仰が息づいている。たとえば、僕が仁の影なんじゃないかって話、あれだよ。ところが、この御蔭信仰にはもう一つの隠されたご利益がある。いや、ご利益と呼んでしまうには抵抗を感じるな。邪法《じゃほう》もいいところだからね」

邪法？　一瞬意味が分からなかったが、続くカゲオの言葉に総毛立った。

「真の御蔭信仰とはね、死者の魂魄《こんぱく》を、生け贄の肉体に移し替えるものなんだ」

ひっと息を呑んだのは茂斗子だ。居並ぶきょうだいに元仲居、みなが顔色を失っている。

「この箱はそのために用意された空間だ。繭《まゆ》みたいなものといってもいいかも知れないね。ここに生け贄の誰か、年格好の似た少年を入れておけば、やがて亡くなった拓三君となって戻ってくるということだろう。違うかい、典子ママ？」

「繭ではねえ、これはさなぎだ」

覚悟《かくご》を決めたような典子の声に、あっと思った。確かにこの形と色は蝶のさなぎだ。

「なるほど、だから蝶なのか。これはしたり」

最初に部屋から飛び出した魔鏡の蝶だけではない。この部屋に置かれた美術品、掛け軸の絵や香炉の彫刻など、そこかしこに蝶のモチーフがあった。単純に蝶好きな人のコレクションなのだろうと澄香は考えていたが、別の意味があったのか……。

「今は無関係の物も多いですが、この部屋が作られた当初はすべてどこかに蝶の絵がある

美術品だけだったそうでございます」

「蝶の美術品？　何か意味があるの？」

　優次の問いに典子は頷き、告白を始めた。

　この部屋はきょうだいたちの亡くなった母親が作ったものだ。誰よりも可愛がっていた末っ子の死を彼女は受け入れることができず、次第に精神のバランスを崩していった。

　そこで出会ったのが御蔭信仰だ。

　カゲオが口を挟む。

「御蔭信仰については大変興味深くてね、実は町の郷土資料館にはほとんど記録がない。そこで古老に訊ねてみたところ面白いことが分かってね。例の影を呼ぶ云々《うんぬん》は確かに伝承として昔からあったそうだが、魂の入れ替えなんて聞いたこともないと言うのだよ」

「秘中の秘ですから」

　少しむっとしたような典子の返答にカゲオは興味津々《しんしん》といった様子だ。

「なるほど秘中の秘。ではそれはどうやって伝わるんだい？　たとえば選ばれた家にのみ代々受け継がれるのか、あるいは白羽の矢が立った家に使いがくるとかなのかな？」

　それにしても、この男、本当に何者なのだろうと澄香は改めて不思議に感じた。外国人のはずだが、日本人でさえ詳しくない学術的な内容を喜々として話しているのだ。

　典子は一瞬迷いを見せたが、いつの間にか隣で正座しているタケさんと顔を見合わせ、

頷きあうと再び口を開いた。

「御御蔭様御世話人様より下知《げち》がございました」

おんみかげさまおせわにん？　澄香たちは首を傾げているが、カゲオにとっては興味深い話のようだ。

「下知？　下知をもたらす世話役が存在するのか。なるほど、なるほど、苔《こけ》むした洞穴《どうけつ》に祀られた信仰対象単体ではないということだな。御蔭様と御御蔭様の使い分けから推測するに、もしかして何らかの組織が存在するのだろうか？　たとえばそう、分かりやすい言葉でいうと新興宗教の教団のような」

カゲオの言葉に典子とタケさんは驚いたように目を見ひらいた。

「そうでごぜえます。分かりやすく言うとそうかも知れねえ。だども――」

そこで彼女は言葉を切った。

「御蔭様をそんな新興宗教みたいなものと一緒にはして欲しくねえだ」

激しい言葉に、おお、それは失礼とでも言うのかと思ったが、カゲオは表情を崩さず、微笑したまま言った。

「そうかい？　僕の調査によればあなたの言う御御蔭様とやらの団体は現れてからまだ二十年も経《た》っていない。新興勢力のようだが」

「違う。秘中の秘だから、誰も知らなかっただけだ」

「では聞こう。なぜあなた方はそれを知っている？　選ばれたのだとすれば何か特別な理由、もしくは条件があるのではないか？」

「そ、それは母が念じて、念じて、毎朝毎夕、御蔭様に日参して、拓三を返して欲しいと、あの子を戻して欲しいと、我が身を投げ出すようにして願ったせいだ。御蔭様が願いを聞き届けてくれただよ」

「で、その世話人とやらがやり方を知らせに来たわけか。一体その世話人は何者だ？」

「世話人様は御蔭様の声を聞くことができる方々だ」

二人のやりとりを皆が息を呑むようにして見守っていた。

「典子さん、あなたも本当は分かってるんだろ？　死者のよみがえりなんてありはしない。残酷なようだが、ここまでしてもあなた方の弟君は戻ってこなかった。それが何よりの証左ではないのかい？」

典子が顔を歪めてうつむく。

「世話人とやらは、御母堂《ごぼどう》の嘆《なげ》きにつけこんでありもしない死者のよみがえり術を勧めた」

「そんなのひどい。なんでそんなことを？」

茂斗子の問いにカゲオは腕組みし、歩きながら美術品に目をやる。

「恐らく彼らが言ったんだろうね。御蔭様は美術品がお好きだとか何とか。だからこうや

って、あのさなぎを取り囲むように並べてあるんだと思うが、違うかな？　典子ママ」

「その通りですだ。だから母は世話人様に勧められるまま美術品を買っていただよ」

「あなたはこれらの美術品がここにあってはならないものだと、いつから知っていた？」

「そ、それは……」

　典子に覆い被さるようにして叫んだのはタケさんだった。

「お嬢様は何も知りません。私です。私がすべて悪いのです」

「私が、私が世話人様たちをここへ引き入れたのです。奥様もお嬢様も何もご存じなかった。私が、私が悪いのです。奥様のあまりの嘆きぶりにとてもお姿を見ていることができず、あのような信仰をお勧めしてしまった。気づいた時には遅かったのです。言われるままに奥様は美術品を買われた。本来ならばお諫《いさ》めする立場だったのに、私にはできなかった。今度こそは拓三坊ちゃまが戻ってくるのだと縋《すが》る気持ちで祈っておられる奥様のお心を思うと、何も言えなかったのです」

「じゃあ、あなたはその世話人とやらが何を目的として、美術品を持ち込んでいたのかを知っていた？」

　カゲオの目つきが鋭くなっている。

　タケさんがうなずく。

「時々この部屋から美術品が運び出されることがあるのです。御蔭様にここへ来ていただ

いている以上は御蔭様をお慰《なぐさ》めする美術品が必要だと、世話人様はおっしゃっていました。そのためには定期的に入れ替えをしなければ御蔭様は飽きてどこかへ行ってしまわれると。だから、世話人様が古いものを買い取り、代わりに新しいものをお世話下さるのです」

「ならば買い取り名目で運び出されるのは古い順のはずだが、そうだったかい？」

「いいえ。決まった順番はないようでした」

「やはりそうか。それもそのはずだ。ここはいわば盗難美術品の保管倉庫だからね。買い手がついたものから運び出すわけさ」

　思わせぶりなカゲオの言葉に、きょうだいたちは茫然《ぼうぜん》自失といった様子だ。

「保管倉庫？」

　カゲオは重々しくうなずいた。

「実際のところ、ここにあるのは国宝や重要文化財ばかりだ。表の市場には出回らない。というか出せないのさ。しかし、因果なもので世界中の金持ちの中には何としても自分のものにしたいと考える不心得者がいる。自分だけのものにできるのならそりゃ金に糸目などつけないだろう」

「じゃあさあ、そういう連中に盗品を売りさばく犯罪組織があるってこと？」

　虎之介の問いにカゲオが頷く。

「そう。御御蔭様という組織がそれだろう」

ふとスマホを取り出したカゲオが外国語で何か答え、通話を切ると日本語で言う。

「下に警察が到着した。今、僕の仲間が事情を説明している。五分後にここへ到着する」

「あ、あなたはいったい何者なんです？」

宗一の問いにカゲオは愉快そうに笑った。

「これは失礼。すっかり申し遅れてしまいました。R国の宮廷料理人、橘カゲオとは仮の姿。その実はR国文化財保護官ラウルと申すもの。改めてよろしくお願い申し上げる」

文化財保護官？

みながぽかんと口を開いている。

澄香も初めて聞く職業だ。日本にも文化財の保護に関わる仕事はあるが、澄香の知る限りそれは考古学の研究者だったり、世界遺産の登録に関することや国宝や重要文化財の管理などだ。彼らの実際の仕事ぶりを知っているわけではないが、こつこつと記録をしたり、泥にまみれて土器を発掘しているイメージを何となく抱いていた。業務によっては外国と折衝をすることもあるかも知れないが、少なくともこんな風に他国で中世貴族の衣装《いしょう》をまとって、料理を作ったりはしない気がする。

ラウルの話によれば、彼はR国の王室から盗まれた宝物の行方を追っているそうだ。

R国の王室には江戸から明治期にかけて日本から贈られた宝物を中心とする、日本コレクションがあるのだという。

「コレクションの中でもっとも価値があるものが盗難に遭い、流出した次第でね」

ラウルはインターポールと協力しながら盗品ルートを追って日本へ来たのだそうだ。

それにしても彼は日本の文化にあまりに詳しい。日本語もネイティブレベルだ。

「日本美術専門ということですか？」

澄香の問いにラウルは嬉しげに否定した。

「何の。日本だけではないよ。僕が専門としている国はアジアからヨーロッパ、南米と二十は下らない。どうだい私の女神。君も一緒に世界を旅しないか？」

ぱあっと顔を輝かせて澄香の手を取りキスをしようとしているこの人が、様々な国の文化についてこれだけの知識を持っており、なおかつネイティブレベルの日本語会話ができるというのだ。ただのロマンスの盗賊ではなかったのかと澄香は感心半分、呆《あき》れ半分で仁によく似た顔を見上げている。

R国では文化財を守るため、保護官たちは警察に類《るい》する捜査権を持っているという。

「まるでスパイ映画のエージェントだな」

誰かの言葉にラウルは「ＯＨ」と声をあげ、微妙な表情で肩をすくめている。

確かにそうだと思った。彼は山でキャンプをしながら快適に暮らしていたし、不自由な山中で、仁が以前に常連客のアミーガ宅で作った料理を真似《まね》て澄香をもてなしてくれた。

ラウルが作った料理はその日の料理を少しずつずらして似せたものだった。なぜ公表さ

れてもいないメニューを再現できたのか。不思議でもあり不気味でもあったその疑問もラウルがスパイならば理解できる。そこまで考えて澄香はあっと思い、虎之介を見た。

「もしかして虎も同僚ってこと？」

それならばすべて腑に落ちる。初対面を装ってはいたが、どう考えてもこの二人は以前からの知り合いだ。

第一、虎之介はアミーガ宅の出張の際に同行していた。彼がラウルの同僚であれば当日のメニューを教えることができたはずだ。

「ん？　ああ、まあそんなとこ？」

何となく含みのある言い方だと感じたが、虎之介がラウルの同僚なら今までに澄香が疑問に感じていたすべてのことに説明がつく。

どこか偏《かたよ》った虎之介の日本に対する知識も、そして何よりも、大阪で最初に出会った時、小型拳銃《けんじゅう》を携行《けいこう》していたことも。

あれ？　でもちょっと待って——。

大阪での初対面で、虎之介は仁をラウルと誤認して拳銃を向けたのだ。

同僚なのに何故？　澄香の疑問は神妙な顔をして口を開いた宗一の言葉でふっ飛んだ。

こそこそと話し合っていた宗一、茂斗子、優次、三人のきょうだいたちを代表して彼が訊くことにしたらしい。

「ラウルさん。あんたにはきっとすべて調べがついているんだろう。教えてもらえませんか。このさなぎ……いや、この部屋で拓三の代わりに囚われていた生け贄の少年って、そんな非道なことが本当に行われていたわけではないんですよね？」

確かにそうだ。いくら彼らの母親の嘆きが深くとも、無関係の子供をこんな場所に閉じ込めるなんて許されることではない。まして、その子供に求められるのは失われた拓三の魂の器となることだ。実際にそんなことができるとはとても思えないが、こんな歪んだ理由で自分の存在を否定される子供がいたなんて考えたくもなかった。

「いたかいなかったかで言えば、いた」

ラウルの言葉にみなが息を呑む。

「まさか……。きっと人形とかそんなもんで代用したに違いない。そうだよな、ばあや」

宗一の声は悲痛なものだった。

だが、タケさんは思い詰めたような顔で首をふる。じゃあ、本当にこのさなぎの中で子供を閉じ込めていた？

「いや、まさか。そんな、いくら何でもそこまではしないよね。嘘でしょ？　ばあや」

優次は細身の身体を震わせている。

宗一がはっとしたように顔を上げた。

「誘拐《ゆうかい》？　もしかしてどこかから子供をさらって来たのか？」

「いやよっ、そんなのひどすぎる」

茂斗子が両耳を塞《ふさ》いだ。

「そうだな。ひどい話ではある。だが、その子供はさらわれて来たわけではないようだ。きちんと手順を踏んでここへ連れてこられたらしい。そういう意味では誘拐にも監禁にも当たらないのだ。そうだろ仁さん？」

ラウルの視線の先に仁がいる。

「何を言って……？」

みなが仁を見る。

「さっきあなた方が言っていたじゃないか。大天使降臨《こうりん》とか？　彼は高校生の時にここへ来たんだろ？　で、冬瓜《とうがん》のカレー煮を作って皆さんに食べさせた。あの時、仁は何をしに来たと言っていた？　大切なものを取り返すためにと、そう言ったのではなかったかい？」

皆はラウルが何を言おうとしているのか、ぴんと来ていないようだ。だが、澄香には思い当たることがあった。

仁に言われ、先代の料理日誌《にっし》を読んだ時にひっかかる記述があったのだ。主な内容は旅館のお客様に出した料理についてで、どうやら先代が自分亡き後、後《あと》を継ぐ者にレシピ集として活用させるべく書かれたもののようだ。

だが、簡単な日記も兼ねているらしく、欄外《らんがい》に家のことやその日のできごとについて走り書きしてあった。プライベートな内容を部外者が読んでいいのかと思い、澄香はなるべく欄外の走り書きを読まないようにしていたのだが、ふと「橘」という文字が目に止まった。

『橘家より使者あり。しばらく当館で預かるよう提案受ける。静養が必要とか。寝耳に水。小菊《こぎく》氏の代理人の由《よし》』

『正式に養子提案あり』

『彼が来てくれて本当に良かった。当館の、我が家の救世主なり。悪夢の終わり』

あまりに異様なので、前に戻って時期を確認しようとして、澄香は拓三の死について短く書かれたページに行き当たった。

最初に橘家の記述が出てきたのは拓三の死のおよそ一年後だ。もし、『彼が来てくれて本当に良かった』が仁のことだとすれば、仁が高校生の時にここへ来たという話と一致する。何よりも決定的だったのは養子提案のことが書かれたページの欄外の走り書きだ。

『橘孝。橘グループ当主の子息。後継争い、命の危険アリとのこと』とあったのだ。

まさかと思っていた。そんなことはあって欲しくなかった。けれど、それならばすべてが繋《つな》がる。孝にだけ、この部屋の呪いが効くと虎之介が言っていた。

この部屋のさなぎに閉じ込められて、拓三になるよう望まれた少年とは孝だったのかも

知れない。そして、仁さん、あなたは弟を救い出すためにここへ来たの——？

　なだれ込んで来た警察への対応で室内が騒然《そうぜん》とする中、澄香は具合悪そうに蹲る孝と、弟を気づかう仁の姿を見つめている。

「仁に見とれているのかい、私のなでしこ」

　ラウルに声をかけられ、澄香は我に返った。

「やれやれ妬《や》けるねえ。似た顔の男としては大いに複雑な心境だよ。ところで美しい君、ちょっと手を貸してはくれないかい？」

　見れば虎之介が入口近くの長持ちの前で手を振っている。何かと思ったら、例の魔鏡を少し動かして欲しいというのだ。

　なんで自分が呼ばれたのだろうと不思議に思う澄香にラウルが言った。

「この柄鏡は実はいわくつきでね。男が触れると祟りがあるといわれている。このデジタル時代に何を時代錯誤な、と言うなかれ。時を経た文化財を扱うにはそれなりの注意が必要なのだよ」

「男性にだけ祟るんですか？」

　ちょっと意外な気がする。

「んー、まさしく。このジェンダーレスの世の中に男女で差異があるのはいかがなものかと僕も思うがね。第一、それじゃあ見た目は男で心は女の場合やその逆はどうなんだ？

などと疑問は絶えないが、とりあえず生物学的な男性はすべて対象と考えて警戒《けいかい》した方が良さそうでね」

「鏡さんは江戸時代の生まれなんだから無理言うなよ。ジェンダーとかそういう概念はなかったんだろ。ほら、早くしないと警察の皆さんがお困りじゃんか」

　この鏡はＲ国から流出したもの。いわくつきのためＲ国でも要注意の扱いを受けていたと聞かされ、澄香は改めて鏡を見直した。

　鏡といってもガラスでできたものではない。青銅鏡《せいどうきょう》だ。銅鏡の類《たぐ》いは時と共に鏡面が曇っていくので、時々磨かなければならない。

　といっても今みたいに研磨のための道具が簡単に手に入るわけではなかったから、江戸時代には鏡を磨く専門の職人がいたと桜子に聞いたことがあった。

　澄香の手にある鏡はぴかぴかに磨かれていて、普通の鏡のように自分の顔が映っている。ちゃんと大切にされていただろうに、何故流出なんてことになったのだろうと不思議な気がした。どのような経緯があったのか訊いてみたかったが、動画撮影を終えたラウルと虎之介は警察の人に呼ばれ、それきりになってしまった。

◆

キャンピングカーの運転席から名月館と書かれた看板を眺《なが》め、サングラスをかけ直す。

先月、老人は余命宣告を受けた。

大した感慨もなくそれを受け入れ、旅館をどうしようかと迷ったものの、最後に夢を叶えることを優先した。もしも旅館に意思があるのなら、とんだ番狂《ばんくる》わせだと嘆いただろう。一生を旅館に捧げるはずの忠実な下僕が最後の最後で裏切ったのだから。

「何故かって？　そいつは難問だな」

この旅の相棒となる助手席の人形に老人は語りかける。相棒はタオルか何かを丸めたような身体にボタンの目がついている。長女の典子が作った人形だ。孫娘のまどかが旅に出る老人を案じて、お守りになるようにと手渡してくれたものだ。

いささか常軌を逸した派手な配色は典子らしい。典子はしっかりものだが、型にはまらない人間なのだ。伝統や格式などを受け継いで守っていくのはあの子にとっては苦痛だろうと老人は思っていた。

後継ぎにすべく育てたつもりの長男の宗一は旅館業を嫌い、逃げるように東京へ出て行ってしまった。次男の優次もだ。そうさせたのは自分なのだと分かっている。

「気づくのが遅い？　うん。その通りだな」

自分の人生は間もなく終わる。虚勢《きょせい》を張ってみてもしようがないと老人は思っていた。

もっと早く、こんな風に家族と向き合って素直《すなお》に本心を話すことができていたら、結末は違うものになっていたのだろうか――。

だが、もうすべて遅い。時を戻すことはできなかった。

拓三が亡くなった時、老人（といってもその頃はまだ老人ではなかったが）は病院に着くのが遅れた。到着した時には拓三の身体からは体温が失われ始めていたのだ。危ないと連絡は受けていた。それでも老人は調理場で料理を作り続けた。ご贔屓《ひいき》様の一族に供する料理を作る使命があったからだ。

名月館の名声を守ることは何にも増して優先されるべきものだ。

一度でも料理の味が落ちた、サービスの質が落ちたと思われてしまえば、長い時間をかけて築き上げた信頼《しんらい》と評判は一瞬にして地に落ちる。

客人は非日常を求めて名月館にやってくる。もてなす側の事情など彼らには関係ない。旅館側の不幸によって料理の質が損なわれたり、彼らの楽しい気分に水をさすなど、絶対にあってはならないことなのだ。それが老人の矜持だし、それ以外の正解があったとは今でも思っていない。

妻は彼を責めなかった。いや、最初から期待していなかったのかも知れない。彼が家族

を顧《かえり》みないことは当たり前だったからだ。

だが、子供たちは彼を許さなかった。

この日のことで、それまで抑えていた彼に対する不満が爆発したようだった。一過性のものだと老人は思ったが、それは深刻で根深く、子供たちに旅館業に対する拒否反応を植えつけるに余りあるほどだった。

名月館を守ることが家族を守ることだと老人は思っていたし、名月館があればこそ子供たちを育てることもできた。しかし、それはどうやら違っていたようだ。

金の不自由をさせないことで、人間を育てたことにはならないのだ。

老人は寡黙《かもく》な男だった。何も言わずとも妻が己の意を汲《く》んでくれると甘えたのか、誤解されようと構わないと思っていたのか。

あえて弁明の言葉を並べ立てるのは煩《わずら》わしいと思っていたし、うまい言葉も出てこない。たとえそれで不利な立場になろうとも、己が正しいと思えばそれでいいと考えていた。だが、今の世の中はそれでは通用しないのだろう。時代遅れの男の美学を気取り、言葉をけちった傲慢《ごうまん》な生き方のツケがきたのだ。

拓三の死をきっかけに妻が怪しげな宗教に手を出したことには薄々気がついていた。

優しい言葉一つかけてやれない自分では妻の苦しみを和らげてやることはできない。ならば、その心の拠《よ》り所《どころ》となるものを認めてやろうと思ったのが悪かった。

老人だって拓三の死は悔しく悲しいできごとだった。受け入れることなどできないほどに打ちのめされたのだ。だが、仕事に打ち込んでいればその間は痛みを感じずにすんだ。

妻と悲しみを分け合うことさえせず、罪悪感から老人は妻の愚行《ぐこう》を止めることができずにいた。結局、厄介《やっかい》ごとから目を背けていただけかも知れない。

ある日、橘家の使者を名乗る人物から奇妙な申し入れがあった。橘家に連なる少年を静養目的で匿《かくま》って欲しいと言うのだ。老人は訝《いぶか》しんだが、橘グループの当主一家で次期当主の座を巡り、嫡出《ちゃくしゅつ》でないその少年は命を狙《ねら》われ危機的な状況にあるという。

当館は宿泊施設なのだ。そのような申し出を受けること自体はさほど不自然ではない。

しかし、深夜極秘裏につれてこられた少年は、屋根裏に運び込まれていた。それは妙だ。しかも、屋根裏部屋は妻が信仰の拠点としている場所だ。怪しげな人物の出入りがあることも気づいていた。しかし、しっかり者のタケがついているのだ。よもや変なことにはならないだろうと高をくくっていた。

その頃の妻は、老人が問い質《ただ》そうとする度に激昂《げっこう》しヒステリックに喚《わめ》き散らし手がつけられなかった。人が変わってしまったような妻と正面から向き合うのが億劫《おっくう》で、そのうち落ち着くだろうと楽観視していたせいもある。

だが、よそ様より預かった少年を客室でもない部屋に置くのはまずい。さすがに苦言を呈しようとした老人に対し、妻から返ってきた言葉は衝撃的なものだった。

「何をおっしゃってるんです？　あの子は私たちの息子《むすこ》、拓三じゃないですか」

「馬鹿なっ。その少年は橘家のご令息だ。静養目的でお預かりしているんだ。滅多なことを言うんじゃない」

しかし、妻は聞く耳を持たない。

「どういうことだタケ。一体あの部屋で何をしている」

タケは悲しげに首をふった。

「奥様は拓三坊ちゃまがよみがえられるのを待っておられるのです。今、まさに祈りが届こうとしているところ。旦那様といえども邪魔をしてはなりません」

「お前まで何を」

無理やり屋根裏部屋に押し入ろうとした老人は、どこから持ち出したのか懐剣《かいけん》を手にした妻に阻まれた。

「ここから先は聖域。あなたといえど足を踏み入れることはできません。もしどうしてもと言うのなら私を殺して行きなさい」

妻がこれまで見せたこともない気迫に押され、老人が覚えたのは怒りというより恐怖だった。知らない女がそこにいた。

「目を覚ませ。自分が何を言っているか分かっているのか。拓三は死んだ。その少年はよそのお子さんだ。ここにとどめてどうする」

「そのことですが、橘の小菊様よりご伝言をお預かりしております」

いつの間に現れたのか、スーツ姿の男が言った。

「こちら様さえよろしければ、あの少年、橘孝を正式にこちら様の養子にしていただけないかとのご意向がございまして」

「何だと？　わしは何も聞いてないぞ。いつの間にそんな話になったんだ」

慇懃《いんぎん》無礼《ぶれい》な態度で男は続ける。

「もちろんこちら様ご夫婦双方の同意が必要ですが、橘家からは孝様の養育費としてそれなりの金額を毎月振り込ませていただきますし、奥様の悲しみを少しでも和らげるためにも悪くない話ではないかと存じますが」

「帰ってくれ。そんな重要なことを、はいそうですかと決められるか」

聞く耳を持とうとしない老人を追いかけ、スーツの男は帳場までやって来て声をひそめて言った。

「橘の小菊さまは現ご当主の御母堂《ごぼどう》にあらせられるお方です。孝様は孫にあたるわけですが、少々複雑な事情がありまして孝様は当主夫妻と血の繋がりはないのです。しかし戸籍上は嫡出子。将来の後継争いに巻き込まれ命を落とすようなことになっては不憫《ふびん》と、泣く泣く手放す覚悟をお決めになったのですよ」

要は政敵の目を眩《くら》ますために、名月館で育てて欲しいというのだ。

「今の家内は正常な判断ができる状態ではない。静養はともかく、養子なんて話、性急に答えを出せるものじゃないだろう」

「そうですか。ですが、奥様にとっても、孝様にとっても最善の判断をされますように」

スーツの男はそう言うと帰って行った。

養子だと？　馬鹿なと老人は憤っていた。橘の小菊とかいう女性が少年のことを案じているのは分かるが、ここが少年にとって居心地いい場所だとは限らないではないか。

妻がいくらその子を溺愛《できあい》したとしても、それは拓三の身代わりに過ぎないのだ。

その少年の気持ちはどうなる？

老人は少年の姿を見たことさえなかったが気になることがあった。客用とは別に一人分の食事を調理場で作らせタケが運んでいるのだ。子供の好きそうなメニューばかりだ。

「拓三坊ちゃまの好物ばかりなのです」

タケが配下の料理人にそう言っているのを聞いた時には背筋が凍《こお》る思いがした。

問題なのはその料理が毎度手つかずで、下げられてくることだった。食べさせようとしたのか、箸《はし》やスプーンで掘り返した跡があるが、全体としてはほとんど量が減っていない。

まさか少年は既《すで》に死んでいるのではないだろうなという考えが浮かび、ぞっとした。

ジャンクフードやスナック菓子でも何でもいいから、とにかく何か口にしていて欲しいと老人は祈るような気持ちだった。

そして、あの日、「彼」がやって来た。

夕方近く、調理場が活気づく頃、彼を案内して来たのは茂斗子と優次だった。

子供たちには調理場に近づかないよう言い聞かせているため、仲居を介しての伝言だ。

庭で遊んでいたら天使様がやって来た。お父さんに話があると言っている。会って欲しいというのだ。子供たちには厳しく接するのが正しいと思っていた老人は面食らった。子供らがこんな風にお願いごとをしてくること自体が初めてだったのだ。しかも内容は荒唐《こうとう》無稽《むけい》と来ている。

仲居にも、調理場にいた若い衆にも「ここへ通していい人間かどうかお前たちが判断しろ」と言い渡した。ベテランの仲居やまともな料理人なら、部外者の子供を忙《いそが》しい時間帯の調理場に通す判断などしない。何重にも関門があったはずなのに、彼は老人の前へ進み出て来た。どうやら誰も止めなかったらしい。

彼を一目見て老人はなるほどと思った。

高校生ぐらいだろうか。髪は長く、染めているのだろう。見た目だけで判断するならばかなりやんちゃというか、それなりに今時の若者という印象だった。

だが、魂のあり方とでもいうのだろうか。

通俗的な見てくれの奥に、そこいらの十代とは思えない落ち着いたたたずまいと折り目正しさが透けて見える気がした。

そして、彼の顔立ちも姿も並外れて美しい。子供たちが天使様と評したのも理解できた。

ただ者ではないと直感が告げていた。

「橘仁と申します。こちらに私の弟がお邪魔しているとのことで、迎えに来ました」

見た目を裏切る凛《りん》とした少年の言葉だ。

険しい表情を崩すことなく口を開く。

「わしが聞いた話では、お前さんは後継の座を巡って弟を排除しようとしている側の人間だそうだ。わしは彼を守るよう言われている立場。君を弟に近づけることが危険でないと言い切れるか？」

老人の言葉に橘仁はわずかに眉を顰《ひそ》めたが、すぐに表情を消した。

「それは弟の意思ですか？」

「いや、彼とは話ができていない」

橘仁は頷くと、淡々と語り始めた。

自分と弟の関係、二人を取り巻く事情、そして彼自身の意向について。

「では、お前さんは弟に後継の座を譲《ゆず》って、家から出るつもりなのか」

落ち着いた少年の態度に感嘆しながら老人は訊ねた。

「そのつもりです」

「お前さん、将来何になろうと思っている？」

唐突《とうとつ》な問いかけに彼は一瞬、不思議そうな顔をしたが、すぐに真摯な表情に戻り言う。

「料理人を目指したいと思っています」

意外な答えを聞いた老人は複雑な思いがした。橘の家を捨て、この少年は料理人になろうというのか？　弟のために？

この少年に対して何かできることをしてやりたいと思う気持ちがまずある。少年にはそう思わせる魅力があった。同時に恵まれた生活をしてきた世間知らずの御曹司《おんぞうし》が外の世界に飛び出して、どうにかなるだろうと甘い考えを抱いているのではないかという危惧《きぐ》。

そして狭量にも思う。料理人程度の職ならば簡単に就けるものだと舐《な》めているのではないか――。

「料理経験は？」

「祖母《そぼ》に習って少し」

「ああ、橘の小菊とかいう……」

少年は澄んだ瞳でこちらを見た。

「いえ。その祖母ではありません。私たちにはもう一人、祖母がおり、血の繋がりはないものの私は小菊ではなく、そちらの祖母を実の祖母だと思っています」

外部からは窺《うかが》い知れない事情があるようだと思いつつ老人は続ける。

「家庭料理とプロの料理は違うぞ。分かってるのか？」

橘仁は小さく首をふった。

「分かりません」

小賢《こざか》しく分かった風な口をきくのかと思いきや、あっさり分からないと言われ、老人は険しい顔を作りながらも内心落胆していた。

「ですが、食べた人を幸せにできるのが料理だと祖母から教わりました。その意味ではどちらも同じ思いから始まるのではないかと考えています」

ほうと思った。面白いことを言う。この若さでここまではっきりと自分の考えを伝えることのできる聡明《そうめい》さも気に入った。宗一などは何が気に入らないのかふて腐れるばかりだ。きっとこの子のように物事に真剣《しんけん》に向き合うことはないのだろうと思い知らされる。

「なるほど、幸せにか。お前の言うことはよく分かったが、こちらとしては、はい、そうですかと信じるわけにはいかない。料理でわしを負かせてみろ。それができたら信じてやろう」

「負かすとはどういうことでしょうか？」

「決まってる。食べ比べだ。わしよりいい料理を作ればお前さんの勝ちだ。もっとも素人《しろうと》にお客様に出す料理を作らせるわけにはいかない。うちの子供たちに判定させる」

ちょうど夕食の時間帯だ。子供たちに食べ比べをさせることにした。

旅館業を営む以上、家族で夕食を囲むことはまずない。主人である老人はお客様に出す

料理を作らなければならないし、妻にも女将《おかみ》としての仕事がある。以前は子供たちの食事は妻が作り置いたものをタケが食べさせていたが、タケにも仲居の仕事があり、典子が小学校の高学年になる頃には子供たちだけで食べることが多くなっていたのだと思う。もっとも拓三が亡くなった当初はどうにか女将の仕事をこなしていた妻も、この頃にはもう客前に出られる状態ではなく、件《くだん》の屋根裏部屋へ籠《こ》もっていることが多くなっていた。典子に弟妹たちの面倒を任せていたのだろう。

「ただし、お前さんも将来料理人を目指すんだ。縛りを設けさせてもらおうじゃないか。使う食材はこれだ」

調理場の隅に転がっていた冬瓜だ。

淡泊な味わいで水気が多い。通常若者が好むようなものではないだろう。下手《へた》をすると見たことがないかも知れない。

橘仁という少年が料理に対してどの程度の知識や情熱を持っているのかを推し量るにはちょうどいい食材だった。

橘仁は少し考えていたが、鶏肉を所望し、カレー煮を作りあげた。老人は冬瓜を完璧《かんぺき》な翡翠煮《ひすいに》に仕上げ、そのできばえに満足していたが、結果は惨敗《ざんぱい》だった。

まず、家族の生活する離れの食卓に現れた老人に子供たち皆が緊張《きんちょう》した表情を見せた。子供たちに厳しく接してきた自覚はあれど、それまで楽しそうにしていた子供たちが急

に姿勢を正し、しんと静まり返ったのはショックだった。

「今日は特別に宗一以外もわしの料理を食べていいぞ」

味の濃いものを先にすると、翡翠煮のような繊細《せんさい》なものは味わえなくなってしまうからと先に出したわけだが、子供たちは互いに顔を見合わせながら箸をつけようともしない。

そのタイミングで板場に呼び戻された。

最終的に老人がゴーサインを出さない限り名月館の料理は完成しないのだ。これ以上、油を売るわけにはいかなかった。

橘仁の包丁捌《ほうちょうさば》きは素人にしてはまずまずのものだ。さして料理経験もない男子高校生であることを考えればよほど筋がいいと言えるだろう。だが、当然のことながらプロの目から見ると、彼の作った冬瓜のカレー煮は稚拙《ちせつ》なできだった。仮にも名月館の子供たちだ。特に宗一には後取りとして幼い頃から名月館の料理を食べさせている。当然、料理の分がどちらにあるのかなど明白だと思っていた。

すぐに戻ると板場に言い残し、離れを覗いた老人は驚いた。子供たちが目を輝かせ、夢中で食事をしているのだ。わいわいと明るい笑い声に老人は衝撃を受けた。この子らがこれほど楽しそうな顔をしているのを初めて見た気がした。

子供たちが奪い合うようにして食べているのは冬瓜のカレー煮で、老人自慢の翡翠煮はほとんど手つかずでテーブルに残っていた。この時、ようやく老人は自分が何か大きな間

違いを犯していたことに気がついたのだ。

老人は料理日誌に仁から聞いた冬瓜のカレー煮のレシピを書きつけた。彼のように子供たちを喜ばせたいと思ったからだが、それを作る機会はその後も巡ってこなかった。

どんな風に子供らと向き合えばいいのか分からなかった。いや、正直にいえばその勇気を持てなかった。

「食べる人を幸せにする料理」と橘仁は言った。老人だって旅館のお客様に対しては意識的ではないまでもそれを第一に考えていた。

しかし、自分の家族に対してそんなことを考えたことがあっただろうか――。

いちいち言葉にせずとも、働く父の背中を見せておけばそれでいいと思っていたのではなかっただろうか。妻も子供たちもそれで分かってくれると高をくくっていたのだ。

教えるつもりが逆に、橘仁から教えられてしまったようだ――。

キャンピングカーを西へ走らせながら、老人は思い返している。結局、妻や子らに向き合えないまま人生の終わり近くまで来てしまった。今、老人はみくちゃんという人形をお供に日本全国を回る途上、まずは橘仁に会いに行こうとしている。

橘仁の消息を知ったのは偶然からだった。

病院の待合室で手に取った雑誌に載っていた出張料亭と若い料理人の話を見て、あっと思ったのだ。間違いない。出てくる料理が冬瓜のカレー煮であることはもちろんだが、そ

こに描かれた料理人の姿は紛れもなくあの少年の長じた姿だと思った。

『料理は、それだけではおいしいものにならないのではないかと思うのです。食卓を囲む家族や仲間たちが織りなす時間が料理を何倍にも豊かにおいしくするのではないかと』

エッセイに出てくる料理人が言ったというこの言葉は、まさしくあの日に彼が老人に突きつけたものだった。

あの時の少年はその後も自分の道を違えることなく、料理人になったようだ。彼の境遇を思えば決して容易なことではなかっただろう。彼がどんな風に歩んできたのか聞いてみたいという思いが老人を突き動かしていた。

そして何よりも彼らに謝りたかった。

老人には仁の成長以上にずっと気にかかっていることがあった。彼の弟の消息だ。

あの夜、橘仁を連れてあの部屋に入った時のことを鮮明に覚えている。忘れようにも忘れられない。今でも時々夢に見るほどだ。

妻はほとんどの時間をあの部屋で過ごしていたが、入浴のために部屋を出る。同時刻《じこく》にタケにも用を言いつけて、誰も近づかないようにして扉を開いた。

そこで見たものはまるで悪夢だった。

モスグリーンの大きな箱と周囲を取り巻くように並べられた美術品の数々。巨大な箱が室内に鎮座《ちんざ》しているのは異様な光景だが、それ以上にまずいのは美術品だ。見覚えのない

それらは溜息《ためいき》の出そうな逸品ばかりだった。しかし、すぐにそれは些末《さまつ》な問題だと知る。発見された孝少年の姿は完全に常軌を逸していた。

老人がこの部屋に同行したのは、仁を案内するためでもあったが、彼らの関係性を見極める意味もあった。当初危惧したように仁が孝と敵対関係にあり、もし彼が孝を害するためにここへ来たのであれば、引き渡すわけにはいかないと思ったのだ。

仁という少年の人柄は、ある程度分かってきたが、孝を託されている以上、安全を確保する責任があるからだ。

孝は薄緑の箱の中で膝《ひざ》を抱え蹲っていた。ほんの子供だ。確かに拓三と同じような年格好ではあったが、まるで似ていない。

兄である仁とも顔立ち自体は似ていなかったが、聡明で育ちの良さを感じさせるところがよく似ていた。普段は明るく活発な少年だと、道すがら仁から聞かされていた老人は目の前の孝の姿に言葉を失った。

まるで病葉《わくらば》のようだと感じたのだ。

老人も旅館の当主だ。生け花の心得もある。

もっとも旅館を彩《いろど》る花を生けるのは女将である妻の役割だった。妻は秋になると病葉を好み、一部の趣味人のお客様を喜ばせていたが、老人はあまり好きではなかった。

穴が開いたり、破れた花や葉をめでる背後には諸行無常《しょぎょうむじょう》やわびさびの精神があるのだ

ろうが、やはりどこか不健康に感じる。

「この良さが分からないなんて朴念仁《ぼくねんじん》ね」

妻がタケを相手に老人のことを呆れたように言っているのを耳にしたことがあったが、言わせておけばいいと思った。

老人は名月館の当主であり板長の責任を果たしている。妻は妻の役割をまっとうすればそれでいいと考えていた。

だが今、病葉の少年は薄緑の箱の中、怯え、しおれ、病み果てたように見えた。

彼がここへ来てまだ四日しか経っていない。仁の話が本当ならばわずか四日の間に孝はすっかり人が変わってしまったようだ。

後から考えればそれも当然。孝はあの時、まだ小学生だったのだ。柔らかい心を蹂躙《じゅうりん》する、あのような扱いを受けて、まともな精神状態でいられるはずがなかった。

あの箱のことを思い出すと、老人は今でも身体の震えが止まらなくなる。いつの間に運び込んだのか、拓三の勉強机や荷物。そして壁や天井を埋め尽くす写真の数々。そしてエンドレスで流れる拓三の声。この少年は何故こんな場所に座らされているのだと、怒りで目の前が真っ赤になるのを感じた。その怒りは妻に対してというより、自分自身に対するものだったかも知れない。

妻がここまで病んでいることに気づかなかった罪。病葉は妻の方だ。

この少年がどのような事情でここへ来たかなど関係ない。橘家の意向がどうあれ、こんな箱の中に一人置かれているなんてことは絶対にあってはならないことなのだ。

「孝、俺だ。分かるか」

仁がそっと孝の頰に手を触れた。

心ここにあらずという様子で焦点の合わない視線をさ迷わせていた少年の瞳に色が灯った。驚き、歓喜、そして恐怖。

だが、その色はすっと消えた。まるで蠟燭を吹き消したみたいだと老人は思った。

「仁？　ダメだろう、ここは危ないんだぞ」

危険を告げる言葉とは裏腹に少年の声はのんびりと間延びして、それが彼の異常さを際《きわ》立《だ》たせていた。

「大丈夫だ。お前を迎えに来た。ほら行こう」

老人は感心していた。橘仁という少年はこんな時でさえ冷静で、弟を落ちつかせるため穏やかな声音《こわね》を保っている。

むしろ老人の方が恐慌《きょうこう》を来していた。

しかし少年は、兄が身体を支え立ち上がらせようとするのを身を捩《よじ》って逃れようとし、机の脚にしがみついて離れようとしない。

さすがに仁の顔にも焦りが見えた。

あまり時間がない。いつ妻が戻ってくるかも知れず、何よりこの部屋には得体の知れない男女が夜間密かに出入りしている。

その話を仲居の一人から聞いた時、老人はのんきに例の橘の小菊からの使者であるという男の仲間だろうと考えていた。大事な坊ちゃんの様子を見に来ているのだろうと思い、取り合おうともしなかったのは自分だ。

だが少年の様子を見れば、たとえどのような事情があり、仮に彼の親族が許可したとしても決して許される事態ではないと分かる。

「わしはこの旅館の主人だ。分かるか？　君は自分の意思でここに来たのか？」

老人の声に孝は驚いたような顔をした。

「俺、たくみなの？　もうたくみになってますか？」

何てことだと思った。

「しっかりしなさい。君は拓三じゃない。拓三は死んだんだ」

仁が孝の身体を掴み向き直らせる。

「孝、お前の名は橘孝。俺の大事な弟だ」

孝の抵抗がわずかに緩んだのを見て、老人は仁と二人で彼を担ぎ上げるようにして部屋を出た。途中で誰かに姿を見られると厄介だ。リネン室よりカートを持ち出し、少年を中に入れてシーツをかぶせ、どうにか外に運び出す。自ら車を運転し、二人の兄弟《きょうだい》を山中

の物置小屋に匿うことに成功した。

その後、老人が彼らと関わることはなかった。彼らを逃がしたことについて橘の家から何か言ってくるかと思ったがそれもなく、最初から何もなかったように終わった。ただ、壊れてしまった妻が元の彼女に戻ることはなかった。そんな妻が哀れで、老人はその部屋を取りあげることができずにいた。

ただし、どこからか子供をさらってくるようなことだけはないようタケにも厳重に釘《くぎ》を刺しておいた。

素性の知れない男女の出入りは完全にはなくならなかったが、宗教関係者だと聞かされ黙認した。妻の心を守るため、救いとなる信仰が必要だと言われ邪険にはできなかったのだ。

女将が不在の旅館には以前にも増してやらねばならないことが山積している。老人は妻と向き合う時間もなければ、そもそも慰めるための小器用な言葉も持たない。その役割を肩代わりしてくれるのであれば信仰を止める理由がなかった。

孝が去った後、開かずの間と化した屋根裏部屋がよからぬ目的で使われているのではと気づいたのは随分後になってからだった。

おかしいとは感じていた。違和感はいくらでもあったのだ。妻は確かに資産家の令嬢だったが、あそこにある美術品は彼女が実家から受けた財産のすべてをつぎ込んでも買える

かどうか怪しい。

だが、日々の忙しさに取り紛れ、結局、老人は向き合うことを避《さ》けたのだ。

あの部屋に巣くった何かはいつの間にか肥大化《ひだいか》し、もはや手出しができないほど忌まわしい存在になり果てた。

妻が亡くなってもなお、その部屋は守られている。タケと典子が妻の遺志を継いだのだ。中で何が行われているのか。知ってしまえばもう取り返しがつかないような気がして、直視するのを避けていた。

呆れるばかりの臆病者だ。老人は今、そこから逃れるように旅に出た。

間もなく老人の命は尽きる。それまでにあの部屋を何とかしなければならない。その使命感と、このままどこかで野垂《のた》れ死《じ》んでしまえば逃げ切れるという卑怯《ひきょう》な考えが老人の中でせめぎ合っていた。

◆

ちちちと鳥が鳴き、羽ばたく音が聞こえる。

間もなく日没を迎える。開かずの間を巡る一連の騒ぎの後で山中の小屋に仁と澄香、少し気分が回復したらしい孝と共に来ていた。

鬱蒼《うっそう》と茂る木々、ここから少し行けば例の御蔭洞穴がある。周囲を見回しているうち、澄香は何とも不思議な気分になってきた。

ここへは前日、ラウルにさらわれるようにして来た。けれど今、彼がここで野営していた痕跡は何もない。夢でも見ていたのだろうかと思ってしまう。ラウルは警察との話を終えると、いつの間にか姿を消していた。あの中世貴族みたいな衣装で煙のように消えるなんて、どこの忍者なんだろうと思う。

ラウルが見せたものはまるで大がかりな手品のようだ。ショーの幕が下りた時、それぞれの観客たちは自分が持っていた何か大切なものを失ったことに気づくのかも知れない。

たとえば、当たり前だと思っていたこと。

これまで揺らぐことなどないと信じていた日常が実はとても頼りない存在で、当たり前が当たり前でなくなった。そんな変化。

『夢見の鳥を頂戴する』という怪盗からの予告状は、実はこんな変化を予言していたものなのではないかという気がした。

夢見の鳥とは蝶のことだ。蝶になって飛び回る夢を見ていた男が、ふと気づく。果たしてそれは本当に夢だったのか？　実は自分は蝶の方で、蝶が人間になる夢を見ていたのか？　分かったようで分からないような話だと思っていたが、今、澄香はそれとよく似た戸惑いを覚えている。

仁との出会い、おりおり堂の日々、孝、虎之介、そしてラウルの出現。どこまでが現実でどこからが夢だったのか——。

もしかすると自分はまだ蚕棚《かいこだな》のような狭いワンルームの部屋のベッドで眠っていて、幸せな夢を見ているだけなのかも知れない。

目覚めれば澄香はしがない派遣社員に戻り、自分が何をしたいのか、どこへ進みたいのか分からないまま、何かが変わることを夢見て、小ぎれいに着飾った婚活ゾンビの列に連なる日常の日々に戻るのかも知れない。

この二年半の日々の記憶が走馬灯《そうまとう》のように過ぎていく。なぜだろう、とても寂しい。胸に穴でも空いたような喪失感があった。

漠然と、澄香がこれまで見てきた仁のいる世界の根本が変えられてしまったのではないかという不安を感じる。

それがラウルの目的だったのか？　やはり怪盗の正体はラウルで、彼は夢見の鳥を盗んでいった。現実世界を支える重要なピンを一本抜き去ったのだ。その世界が実ははりぼてだと皆に気づかせ、夢かうつつか分からなくなるように。そしてラウルは煙のように消えた。今となっては彼が本当にここにいたのか、幻《まぼろし》だったのかさえ疑わしい。

ラウルとは、もしかすると本当に仁の影だったのかも知れない。

彼はこんがらがった糸を解きほぐし、あっけらかんとした現実を突きつけて消えた。

「ラウルがもし仁さんの影だとしたら、仁さんが彼の出現を望んだってこと？」

風が出てきて、木々がざわざわと揺れている。ひとり言のつもりで呟いた言葉は、仁に聞こえてしまったようだ。

「そうだな。影を喚《よ》んだつもりはなかったが、今回はあいつの出現に助けられたな。俺一人じゃとてもここまで辿《たど》り着かなかった」

淡々と言う仁の辿り着いた先はどこなのだろうと澄香は思った。

「この小屋に俺たちはいた」

仁が言う。

「あの日のことを覚えているか、孝」

「ああ。思いだしたよ。全部思いだした」

肩を落とした孝が小声で言う。いつも自信に溢れているような彼の姿が不思議に小さく見えた。まるで遠眼鏡を逆さまに覗いた不思議の国にでも迷い込んでしまったような気分だ。

「山田。聞いてくれるか。俺たちの話を」

仁の言葉に澄香は少し迷いながらうなずく。迷ったのは、本心では孝は澄香に聞いて欲しくないのではないかと思ったせいだ。けれど、ここで逃げては何も進まない。たとえどんな真実が出てこようとも、澄香は仁の話を受け止める。そのためにここへ来たのだ。

しかし、仁が語り始めた話は壮絶なものだった。澄香が想像したものよりもはるかに複雑で残酷な物語だ。

かつて、小学生の頃までの孝は橘の家で冷遇されていた。彼が母の本当の子供ではなかったからだ。父親がよそで産ませた子供なのだ。だが、ある日、その父親も異なることが判明した。それでは橘孝はその家にとってまったくの他人ということになる。

「幸いなことに」と仁は言った。

「元々、両親は子供に関心がなかった。橘の家さえ安泰《あんたい》ならばそれで良く、孝の方がより尽くすならばそちらを後継として認めるという考えだった。愛情のある家庭などではなく、協力関係に過ぎない夫婦に子供は後継《こうけい》候補として養成されているという図式だ」

それが幸いなのかと澄香は絶句している。

ただ、父は孝が橘に「紛れ込んだ」顚末《てんまつ》に怒っており孝を追い出しかねなかった。

「その時に俺がやったことは褒《ほ》められたものではないが、あの頃の俺には他にできることがなかった」

御菓子司《おかしつかさ》・玻璃屋《はりや》の人々から聞いたことがある。仁が荒《すさ》んでいたという頃だろう。

仁は会社の機密を盗みだし警察の捜査対象となった。犯人が後継候補ならば知っていても不思議ではない内容だ。実害もなく、会社としてはことを穏便に済ませたいという意向だったが、両親はそれ以前から何かと反抗的な仁を後継にふさわしくないと判断し、孝を

後継候補に据えることに決めたのだそうだ。

　孝本人にはこれらの内容は一切伝えられなかった。孝の生まれについては特に。仁や腹心の執事《しつじ》が断固として阻止《そし》したのだそうだ。

「孝、大丈夫か？」

　静かに仁が訊く。孝の顔が真っ青だ。

「い、いや、大丈夫だ。続けてくれ」

　細かく震える孝の姿に、仁が痛ましげに唇《くちびる》を噛《か》んだ。

「やはりやめよう」

　仁の言葉に顔色を変えたのは孝だった。仁の胸倉を摑み、詰め寄る。

「続けろ。俺を舐めるな。お前は俺をこの程度のことで揺らぐような人間だと思うのか」

　仁に縋りつくようにして孝が言う。

「俺は、俺は情けないだけだ。あれだけの調査能力を持ちながら自分のことに気付けなかった。そのことが悔しいだけだ」

　語尾を震わせ、孝はこぶしを握っている。

「分かった。続けよう」

　仁は孝の肩にそっと手を置いた。

　仁は家を出た。両親の関心は完全に孝に移り、いかに孝を完璧な後継者として教育する

かに注力していた。ところがある日、孝は拉致《らち》され、ここへ送り込まれることになった。

身代金目的で誘拐されたのかと思ったが、そうではないというのだ。

「この話にはうちの祖母が関わっている」

「え、オーナーがですか？」

桜子のことかと思ったが、仁は首をふる。

「違う。後妻の方だ」

そういえば、以前に聞いたことがあった。子供のできなかった桜子は夫と別れ、現在の『骨董・おりおり堂』を始めた。

その後、仁たちの祖父《そふ》が再婚した女性のことだそうだ。詳しいことを仁は語らなかったが、桜子から夫を奪ったということらしい。実際のところ、桜子は正式には離婚しておらず、後妻の方は事実婚ということになる。

祖父の気持ちがどちらにあったのか分からないが、小菊というその女性は頑として離婚に応じない桜子に対し、憎しみを募らせた。

あの手この手を用いて、桜子を橘から遠ざけ、自分が実権を握っていったのだという。

おじいさまというのはあのマグカップの方だろう。仁が受け継ぎ、澄香が割ってしまった琥珀色《こはくいろ》のマグカップの持ち主だ。その人は離婚後も『骨董・おりおり堂』にずっと通っていて、桜子はもちろん仁や孝とも共に食卓を囲んだりしていたという。

「それも腹立たしかったんだろう」仁が言う。

元々は仁が一人で桜子のところへ通っていた。ある時より孝も一緒につれていくようになり、しばらくしてこの事件は起こった。

「自分の浅はかさを呪ったよ。俺は孝に居場所を作ったつもりで、みすみす危険の中に置き去りにしてしまった」

「なんでだ。そんなの俺たちには最初から運命づけられていたことだろ？」

孝の言葉に仁は首をふる。

「それまでのお前はこの上なく自由でおおらかに育っていた。親の愛情は薄かったかも知れないが、憂いもなく楽しそうに生きていた。その自由を奪ったのは俺だ。あんな風に危険が及ぶのも分かっていたはずなのに、これじゃまるで孝にすべて押しつけて逃げたみたいだと自分を責めた。正直に言うと、ずっと負い目を感じている」

孝は絶句している。やがて彼は、大きく息を吸い、吐いた。

「何言ってんだよ仁。あれは俺の選択だ。そうだろ？　イヤなら逃げれば良かったんだ。だが、俺はその運命を受け入れた。だから俺が自分で選んだことだ。俺は俺の人生を誰かに操られたつもりもないし、同情されるようなことは一切ない。みくびらないでくれ」

毅然《きぜん》と言い切る孝に、仁が眩《まぶ》しそうに目を細めて見ている。

「そうだな。すまない、思い上がりだ。お前はいつだって自分の意思で行動していた」

「当たり前だろ。しっかりしろ」

孝に叱られながら、仁はどこか嬉しげだ。

仲が悪いと思っていた二人の兄弟の姿に、他人からは窺い知れない絆《きずな》のようなものを感じて、澄香はいいなあと思っていた。じんわりと胸に響いてくる気がした。

仁が続ける。

「とにかく、あの人はライバルを一人ずつ消していこうとした」

「ライバルとは誰にとってのライバルだ？」

澄香も疑問に思ったことだ。

「あの人の隠し玉のさ。あの人が橘に来る前に生んだ娘の子供、あの人から見れば実の孫だが、俺たちとは違ってずいぶん可愛かったらしい」

「そいつを橘の後継者にしようとしたのか？」

「ああ、そうだ。実際にはまったく使い物にならない男だったようだが」

名前を聞いた孝は面識があるようで、あいつか……と唸《うな》っている。

「しかし、俺をこの旅館にくれてやったとしても仁がいるだろ。あんなクズが仁に太刀《たち》打《う》ちできるわけがないじゃないか」

両親の気質からすれば、孝がダメなら仁を呼び戻せばいいと考えるだろうというのだ。

澄香は何とも言えない気分で話を聞いている。仁と孝の家が誰もが名を知る名家だとは

知っていたが、その内実がこんなにもドライで、澄香のような庶民《しょみん》が考える幸せとほど遠いものだとは思いもしなかった。まるで子供をただの駒《こま》か何かと思っているかのようだ。

仁はうつむいて、ふっと笑った。

「俺が彼に太刀打ちできるかどうかは分からない。何しろ俺は橘の家にはふさわしくない素行の悪さで後継から外されたんだからな」

そう言う仁は楽しそうだ。

「は？　バカ言え。だからといってお前の優秀さが毀損されるものではないんだよ」

なぜか自慢げに孝が胸を張って言う。

「小菊おばあさまもそれはいやというほど分かっているはずだぞ」

「そうだな。あの人が俺にある種の恐れを抱いていたのは間違いないんだろう。だからこそ、あんな回りくどい手を使った」

名月館先代の助けを得て、どうにか孝を連れ出した仁はこの小屋に身を隠した。先代は食糧を持たせてくれ、さらにこう言った。

「うーん。どうもなあ、お前さんの話を聞く限り、このまま家に戻るのは危ないような気がするんだが、どうだい？」

確かにこのまま家に戻っても、小菊が今度は何を仕掛けてくるか分からない。

「お前さんたちの両親はどうだ？　そっちは信用できるのか？」

それならば自分が話をすると先代は言ってくれたが、事態の収拾にあたるためには仁自身が祖母と話をつける必要がある。いずれ正面から向き合う必要があるのは確かだが、問題は孝をどうするかだった。少なくとも孝にとって当時の橘家は安全な場所ではない。

「そいつは困ったな……」

先代は誰かと連絡を取ったようだった。

そして翌々日、山中のプレハブ小屋で、鍵をかけていたはずの扉が開いた。

「なんと、名月館の言うこたあ本当だったか」

ずかずかと中に入って来たのは着流し姿の大男、劇団紙吹雪の先代座長だった。

「何だかずいぶん困ったことになってるそうじゃねえか、兄さん方。あらかたの事情は聞いたぜ？　ああ、いンや大丈夫。わけは聞かねえよ。他ならぬ名月館の頼みだ。お前さんたちさえよけりゃ一緒に来るかい？」

芝居のセリフのように大仰に言って、彼は大きな目をぎょろりとさせてこちらを見る。

「どこへですか？」

孝を庇《かば》うようにして訊く仁に、男はハハッと笑い、両手を袂《たもと》の中で遊ばせた。

「おいらたちは旅から旅への根無し草でな、一つところにとどまることはないんだ。ちょうど明日にはこの街を発《た》つ。何、ずっとたあ言わねえ。そっちの弟が元気になるまででも一緒に来りゃいいじゃねえか」

元より兄弟には行く当てなどなかった。桜子のところではすぐに居場所を特定されてしまうだろう。『骨董・おりおり堂』の近所の御菓子司・玻璃屋も事情を話せば匿ってくれるだろうが、小菊が本気を出したら何をするか分からない。彼女にとって玻璃屋を潰《つぶ》すぐらいは造作もないことなのだ。できれば彼女の手の届かないところへ逃げたかった。

「ですが、ご迷惑《めいわく》では？」

「元々旅回りの一座なんざワケあり連中の集まりでな、褒められたこっちゃねえが、兇《きょう》状《じょう》持ちゃお尋ねモンも珍しくねえんだ。お前さんたちが混じったところで気にするヤツもいねえよ。どうしても気になるってんなら、劇団の仕事の手伝いでもしてくれりゃいい」

仁はその申し出を有り難く受けることにし、二ヶ月の間、彼らは劇団と共に旅をした。その間に仁は信頼できる執事と連絡を取り合い、彼の尽力もあって祖母と話をつけることができた。その際の条件が二つ。仁はもう二度と橘には戻らない。そして、孝が桜子と関わりを持つことを禁ずるというものだ。

「それは……」

澄香の脳裏に過《よぎ》ったのは夏の日に孝が初めて『骨董・おりおり堂』にやって来た時の桜子の嬉しそうな顔だった。

孝は誘拐の時期を境に、桜子とずっと会っていなかったそうだ。

澄香は疑問を感じた。

仁は、小菊と話をしてつけた決着について、孝に何も話していない。孝は今日、初めて知ったそうだ。なのに何故、孝はおりおり堂に行かなくなったのだろう？

仁が頷く。

「正直、俺は心配していた。お前が桜子おばあさまのところへ行きたがるのではないかと。あの時、誰かに何か言われたのか？」

仁の問いに孝が苦しげに首をふる。

「俺は……。俺は忘れていたんだ」

「えっ？」

澄香は思わず仁と顔を見合わせた。仁は澄香が一度も見たことのないような顔で目を見ひらいている。孝にとって、名月館の開かずの間で過ごした日々はあまりにも過酷だった。その記憶を封じるために、その周辺のことも含めてすべて忘れてしまったのだ。

彼が誘拐されたのは祭りの帰り、『骨董・おりおり堂』に向かう途中だった。

「だから俺は、あんなにも大切な桜子おばあさまのことを思い出さずにいたんだ」

「あの、仁さん。良かったんでしょうか、私までお話を聞いてしまって」

旅館の駐車場《ちゅうしゃじょう》まで孝を送り届け、自分の車で帰るという孝を案じながら見送り、訊く。

仁が澄香に知っていて欲しいと言った過去は、ほぼすべてが孝に関することだ。仁は孝にこそ打ち明けたかったのではないかという気がした。話を聞いている間中、澄香はハラハラし通しだった。話をする仁が言いよどみ、迷う。一見、淡々と喋っているようだが、ずっと傍《そば》で仁を見つめていた澄香にしか分からないものがある。ほんの些細《ささい》な声の変化や言葉の合間に漏れ出す吐息から、仁が心の奥底に厳重にしまっているであろう痛みや苦しみが伝わってくるのだ。自分は今、大変な場面に立ち会っているのだと思った。逃げ出したくなるのをこらえ、地面に踏んばる。大切な瞬間だ。二人の兄弟の長い確執《かくしつ》のうしろに隠された真実が掬《すく》い上げられる時。

だけど、と澄香は思う。そんな時に私なんかがいてもいいのだろうか？

「愉快な話ではなかっただろう。すまなかったな」

ぽつりとこぼすような仁の言葉に「あ」と間の抜けた声が出た。

「い、いえ……」

ああ、まただと思う。こんな時、ゾンビやするめでしかない自分ではダメだ。仁の痛みを自分の痛みのように感じながらも、かける言葉一つ出て来ない。

仁は強い人だと思っていた。彼は迷いもしないし間違うことなどないのだと、どこかでそんな風に考えていた。だが、違う。仁だって迷いもするし、間違うことだってある。なのに澄香はこんな大切な時でさえ彼を支え、痛みを和らげるための言葉を見つけられずに

いた。どうしてこうなんだと、自分のふがいなさに腹が立つ。器用なことなど何も言えず、ただぼんやりと佇《たたず》むことしかできない。

「孝さん、大丈夫でしょうか？」

いつも颯爽《さっそう》と走る孝のドイツ製高級車が心なしか遅い速度で進んでいるように見えて、つぶやくと、仁は少し眉を寄せた。

「分からない。だが、ここから先のあいつはあいつ自身にしか救えない」

突き放したような言葉の奥に隠された優しさと、孝を思う気持ちが切ないまでに伝わってくる。

橘孝という人間を形作っているのは「強さ」なのだと澄香は思っていた。権力を持つ立場の強さはもちろん、芯の強さ、押しの強さなど。兄である仁とはまた少し違う強さだ。その中でももっとも孝らしいのは自分を信じる強さなのではないかという気がしていた。

澄香のように自分に自信がなくて、どう振る舞えばいいのか、相手にどんな言葉をかければいいのか悩《なや》むなんてことなど、孝には一度もなかったように見えていた。

孝の自信は彼の生まれや境遇から来るのだろうと澄香は漠然と考えていた。

先ほどの彼は仁や澄香の前で取り乱すようなことはほぼなく、すぐにいつもの冷静さと彼らしい強さを取り戻したように見えた。

孝のことだ。案外、大したことではないと割り切って、澄香の心配など杞憂《きゆう》に終わるの

かも知れない。むしろ「あなたに心配されるなどとは心外です」なんて、いつもの皮肉《ひにく》で一蹴《いっしゅう》してくれるならその方がいい。

　さすがに仁は言葉を濁したが、封じられた記憶は少年の孝にとって耐《た》え難いほど残酷なものだったようだ。そんなことを思い出すだけで辛《つら》いだろうに、追い打ちをかけるように、三十年近く知らされなかった自分の出生に関する重大な秘密を突きつけられたのだ。

　もし澄香が彼の立場なら、きっと立っていることさえできなかっただろう。

　仁がなぜこんな大事な話を澄香に聞かせようと思ったのかは分からない。もしかすると、何かの証人として澄香を立ち会わせたかったのだろうか、などとぼんやり考えていた。

◆

　小学校最後の夏休み。友人たちと過ごした祭りの夜、孝は迎えの車を待ちきれず、桜子の店へ向かって走り出した。

　その道は見渡す限り高い塀が続くばかりで、祭りの喧噪《けんそう》が嘘のように静まり返っていた。人の気配はまるでなく、異世界に迷い込んだような心細い気持ちになってくる。

　早く、早く桜子おばあさまのお顔を見たいと思った。きっとおばあさまはおいしい料理とデザートでもてなしてくれて、孝の話を楽しそうに聞いて下さるに違いない――。

そんなことを考えながら走っていると、不意に泣き声が聞こえた。えーん、えーんと泣いているのは幼い女の子のようだ。

角を曲がると、寂れた屋敷の門の前で女の子が佇んでいるのが見えた。ちょっと怯んで、女の子と屋敷を見比べる。

立派な門構えだが、空き家になって長いらしく、片側の門扉が傾いで中の様子が見えた。街灯《がいとう》の弱々しい光に照らし出されているのは枯れて崩れた庭木に、ぼうぼうと茂る夏草。荒れ果てた庭の様子に息を呑む。

女の子は孝の姿を見ると、おもむろに顔を覆うと泣き始めた。

えーんえーんと泣きじゃくっている。ずっと幼い子供を想像していたが、見たところ自分と同じぐらいの年のようだ。

同年代の女の子たちはみんな自分ら男子より大人びて感じられることが多い。彼女たちがこんな子供みたいな泣き方をするなんてあり得ないことのように思える。

「迷子なのか？　こんな時間に女の子が一人でいるのは危ない。知り合いの店まで行って警察に連絡してもらおう。さあ、こっちだ」

そう言って歩き出すが、後ろをついてくる気配がない。どうしたのだろうと振り返って、孝はぎょっとした。彼女の顔が笑っていたからだ。口許にほくろがある。幼いどころか、ずいぶんと大人びた表情の美少女だった。

「あんたってかわいそう」

「は？　何言ってんだ？」

女の子が笑い出した。誰もいない屋敷街にけたたましい笑い声が響く。

「いいのか？　俺は行くぞ」

女の子は答えず、えーんえーんとまた泣き出した。いや、泣き真似だろう。それどころか、おかしいのを我慢しているみたいな声に嘲《あざけ》りが含まれているようだった。

「あんたは橘の家の厄介者なんだって。お父さんもお母さんもあんたの本当の親じゃない。間違ってもらわれて来たんだってさ」

「何を……。そんなわけないだろ」

「あんたが知らないだけ。あんたの居場所を作るためにあんたのお兄ちゃんは家を出た。そんなことも知らないでさ、笑っちゃう」

孝は思わず彼女の顔を見直した。

知らない少女だ。記憶を辿っても、自分と彼女は面識がない。じゃあなんでだ？　なんで彼女は自分が橘の家の人間だと知っている？　それに父や母が本当の親じゃない？

何を馬鹿なと思った。そんな馬鹿なことがあるわけない。いやがらせにも程がある。

しかし、仁の話が気になった。

確かに兄の仁は少し前に家を出てしまった。その結果、孝が後継候補として帝王教育を

受けることに決まっていた。

何かとてつもなく危険な気がする。

一刻も早くここから逃げなければ――。

走り出した瞬間、門の陰から黒い人影が現れたのを目の端にとらえ、やばいと思った。

叫ぼうとした瞬間、大きな手のひらで口を塞がれる。恐怖に見開いた目が捉えたものは黒い服に覆面をした三人の大人の姿だった。

気がついた時、孝はどこかの部屋の中にいた。何人かの大人がざわざわと色々なことを言っていたが、それが人間なのか、人間ではないのか分からなかった。

後から考えると、催眠剤《さいみんざい》か何かの影響だったのか、孝の意識の大半は闇の中に沈んでいた。腹に大きな穴が開いているみたいだった。じわじわと血が漏れ出すように思考のかけらが流れ出してしまう。ここはどこなのか。自分はいったい何をしているのか。考えようとしても摑み損ね、するりと逃げてしまう。さなぎと分かったのは、そう聞かされたからだ。

『選ばれた子供』『神の選びし御子《みこ》』

そんな呼びかけや囁《ささや》きを何度も聞いた。

『あなた様はさなぎの中で羽化するのを待つのです』

さなぎの中には「たくみ」がいっぱいいた。

笑っているたくみ、泣き顔のたくみ、小さいたくみ、ちょっと大きいたくみ。さなぎの中はいつもたくみの声がしていた。

『伏田《ふしだ》たくみ、四歳です』

『好きな食べ物はハンバーグです』

ハッピーバースデイの歌が聞こえる。誰だろう、大人、子供、何人かの声に続いて、笑いながら照れたような声。

『そんなの撮るのやめてよ、恥ずかしいよ』

自分の細胞の一つ一つがたくみに置き換わっていくような気がした。

眠りの淵を落ちていく。目を開ければたくみが笑い、外に出れば顔のないものたちの声が聞こえる。

『選ばれし御子』『あなたは拓三』

何か大事なことを忘れているような気がする。果たして自分の名は何といっただろうか。思い出せない。たくみ？　たくみといったのか？　違う。自分はたくみじゃない。そうだ。どこかへ行こうと急いでいた。どこ？　大切で温かい場所。優しい人。思い出そうとするが、たくみが笑って邪魔をする。

『あなたは拓三よ』

優しい声が聞こえた。

『ママ、ママ？　ママ』

部屋中で色んなたくみの声がこだまする。

『お腹すいたでしょう？　さあ、ごはんよ。たくさんおあがりなさい』

口に運びかけて、はっとした。

『ヨモツヘグイ』と囁く声が聞こえた。

ヨモツヘグイ？　何だっけ？　まとまらない思考の中からどうにか浮かび上がってきたものがある。少し前に読んでいた怪談本だ。黄泉《よみ》の国で煮《に》炊《た》きをしたものを食べると、現世に戻って来られなくなるのだそうだ。

そうだ。ここは異界なのかも知れない。

もやのかかった瞳で部屋を見回す。

視界がかげろうみたいに揺らいで、うすっぺらく見えることがある。その後ろに何かが透けて見えている。あそこにあるのは、自分が思い出せない別の世界の物語なのではないかと考える。ならばこの部屋を訪れる顔のないものたちは悪霊かも知れない。

もしかすると自分は一度死んで、今、ヨモツヒラサカ？　とかにいるのかも知れない。現世と黄泉の国の境にあるとされる坂だというのを読んだ。

ヤツらが自分をここにとどめたがるのは、完全にこっちの世界のものにしてしまうためだ。そのためには絶対にここで出されたものを食べてはいけない。

食事に手をつけない孝に『母』が食事をするよう迫ってくる。でも食べたら負けだ。口にしたらヤツらに取り込まれてしまう。

無理やりに押さえつけられ口にものを入れられそうになって、全身で暴れ抵抗した。

『やめてっ。拓三に手を出さないで』

『御子ですよ』

『じゃあどうするんだ。このままじゃ死んじまうぞ』

ああ、死ぬのかと人ごとのように思った。

芋虫はさなぎの中で一度どろどろに溶けるのだ。溶けたものを再度組み直して蝶へと変わる。自分は今、さなぎの中で溶けているんだろう。何かで聞いた。さなぎの中で溶けた状態の芋虫のスープを取り出して、他の器に移し替えたら腐って死んじゃうそうだ。

時々、彼らはさなぎの中から孝を引き出して検分する。

『まだ熟《じゅく》していない』『まだ、なっていない』

そう聞く度に孝は少しがっかりし、少し不安になり、少し安堵《あんど》した。だから今、たびたび外に出されている自分がたくみになり損なって腐って死ぬのは何の不思議もないのだ。

『なあ、お前。お前は親に捨てられてここへ来た。親に売られたんだ。かわいそうにな』

『お前はここでたくみとやらになるほかない』

『金で買われたんだからしょうがない。あきらめろ。お前にとっちゃ悪い話じゃないはず

だ。ここから出たって帰るところなんかない』

『お前はいてはならない人間』

『橘の恥』『恥』『恥』『恥』

投げられた言葉は心に無数の穴を空けた。

乱射されたBB弾《だん》がスポンジに無数の穴を空けるみたいに穴だらけになったのだ。

『小学校に入ったら、友達百人作ります』

うつろになった穴の中にでろりとアメーバみたいなたくみの声が入り込んでくる。

何時間？　何日？　経っただろう。

お腹がすいた。喉《のど》も渇いた。吐き気がする。お腹が痛い。全身が痛む。目が回る。戒めを忘れて何でもいいから食べようとした。

その瞬間に『ヨモツヘグイ』。ああ、そうだと思い出す。目の前に食事を出される度、自分の手の指を噛んで耐えた。

終わりが来たのは唐突だった。

「仁？　ダメだろう、ここは危ないんだぞ」

自分はたくみだ。仁？　知らない。

「孝、お前の名は橘孝。俺の大事な弟だ」

彼からはひどく懐かしい匂いがした。

何か忘れかけている大事なことを思い出しそうで思い出せない。

「さあ、ここから出るぞ。時間がない」

出る？　さなぎを出ると、スープのように溶けた自分は今度こそ再生するチャンスを失い、腐って死んでしまうのではないか？　だがそれでいいのだとも思った。自分は生きている価値などないのだから。

気がついた時、孝は山小屋のような場所にいて、仁に世話を焼かれていた。

重湯《おもゆ》から粥《かゆ》、滋養《じよう》のあるスープから優しい味の和食へ。味のある食べ物を口にする度に、ぼんやりしていた目の前の景色がはっきりした輪郭を取り戻していくようだった。

後から思い出すと、名月館の主人が毎日、様子を見がてら食材や身の回りの品を届けてくれていたようだ。山小屋に身を隠し、数日が経ったある日、ようやく食欲を取り戻した孝は山小屋に付属の小さなキッチンで仁が料理をする後ろ姿を見ていた。

「お腹空いただろ？　今作るから、待ってろ」

そう言って孝の頭を撫でると、仁はシンクの前に立ち、野菜を切り始めた。

キャベツ、ピーマンを湯通しして、これまた名月館の主人が差し入れてくれた小ぶりの中華鍋に油を熱し、細かく刻んだにんにくとしょうが、ねぎを炒《いた》める。そこへ豚肉《ぶたにく》と湯通しした野菜を戻して、一気に炒め上げ、合わせておいた調味料を絡ませる。

「できたぞ」

「うわあ」思わず歓声をあげた。

　茶碗がないので、炊きたてごはんは紙皿の上。野菜と豚肉を炒めたものは中華鍋から直接皿に取り分ける。旅館から借りてきたスプーンでおかずを掬うと、香ばしく焼いた肉と野菜がまとうコクのある味噌《みそ》とごま油の香りがふわりと立ち上がり、お腹がぎゅうぎゅう鳴いた。こんなことを家でやったら、教育係からお行儀が悪いと叱られて大変なことになりそうだが、今は仁と二人きりなのだ。

「これ、何ていう料理？」

　仁は照れくさそうに笑った。

「ホイコーローだ。以前に桜子おばあさまに作っていただいたのがおいしかったから」

「すごい。真似したの？」

　一度食べたものを真似しただけでこんなすごいものができるのかと感心している孝に、仁は苦笑しながら首をふる。

「まさか。教えていただいたのを何度も何度も練習した。うまいかどうかは分からないが、食べてみてくれ」

「うんっ。いただきます」

　手を合わせ、さっそく箸をつける。

　一口食べて、びっくりした。まずぴりっと辛《から》いものが舌に触れ、続いてうまみの束がや

ってきたのだ。正直にいえば、キャベツもピーマンもあまり得意ではない。もちろん出されたものを残すようなことはしないが、自分から積極的に食べたいとは思わない。だが、これは仁の作ってくれたものだ。特別なのだ。たとえ何が入っていようが、喜んで口に入れただろう。とはいえ相手はキャベツとピーマンだ。実はちょっと覚悟をしていた。

ところが、うまい。嘘みたいにうまい。

孝が苦手な野菜の青臭さはまるでなく、キャベツもピーマンも少しだけくったりとして、めちゃくちゃにおいしい味噌の味で包まれている。食べたことのない味噌の味だ。

「辛いのは豆板醬《トウバンジャン》、風味が強くて少し甘みがあるのが甜麺醬《テンメンジャン》だ」

一度では名前を覚えきれなかったが、さらには隠し味に牡蠣《かき》の風味の調味料を使っていると聞いて、すげえと思った。

「俺は今、人生でいちばんうまいキャベツとピーマンを食べた」

そう言うと、仁が噴きだした。

「大袈裟《おおげさ》だな。これからお前はいくらでももっとうまいものを食べるんだ」

笑いながら言った仁の顔が少し曇るのを見て、なぜだろうといやな予感がした。

「いや、絶対にこれの方がうまい」

打ち消すように強情に言い募る。

だが、かなり胃が小さくなっているようで、すぐに満腹になってしまい、あまり量を食

べられないのが残念だった。

「また作ってくれるでしょう？」

孝の言葉に仁は笑みを浮かべたが、返事はなかった。仁は元々口数が多い方ではない。ここに来てからは、不安定な孝を気づかってずっと話しかけてくれてはいたが、孝の回復と共に少しずつ口数が減ってきていた。だから、特に不思議には思わなかったのだ。

目の前の辛くて甘いホイコーローと炊きたてのごはん、そして何よりも大好きな兄と二人きりの時間、すべてが最高に幸せだった。

もうさなぎの中に戻りたいとは思わなかったが、この山小屋から出るのは怖かった。

特に恐ろしいのは夜。孝は闇を恐れるようになっていた。山小屋の中には照明がなく、ランタンを使っていた。人目につくのを避けるため、光が拡散しないようにしてある。光の中心から少し離れたところは暗がりだ。

光を失うと孝は、さなぎの中にいた時の気持ちがよみがえってきてしまう。自分が誰だか分からなくなるのだ。

どうにか立ち上がるだけの体力を取り戻しても、仁は孝が一人で山小屋から外に出ることを許さなかった。それは昼でも同じだ。

「まだこの場所は安全とは言い切れない」

そう聞いて夜、窓を細く開けて外を見る。

小屋の外は真っ暗で四方を闇に囲まれていた。闇から無数の手が伸びてきて、今にも自分を引きずり出そうとしているのではないかと思うと、恐ろしくてしかたなかった。見知らぬ大きな男性と一緒にそこを出ることになり、それから二ヶ月、孝は劇団の人々と寝食を共にした。劇団員たちはこれまで会ったこともないような個性的な人たちだったが、「ワケあり」な仁と孝にも優しかった。事情を詮索《せんさく》してくることもなく、昔からの仲間のように接してくれた。

器用な仁は裏方の仕事はもちろん、たまには借り出されて芝居に出演したりしていた。

毎日がめまぐるしく過ぎていく。

楽しい日々を過ごしながらも、孝は徐々に不安が増していくのを止められずにいた。

仁も自分も学校にも行っていないのだ。

このまま劇団と共に旅して生きていくのだろうかと思った。自分はやはり、両親の本当の子供じゃないのかも知れない。捨てられた？　売られた？　まともな思考が戻るにつれて、その言葉が胸にわだかまるようになっていた。

暗がりにいると、足もとの地面が消えてなくなり、落下していく。落ちた先では大勢の何かがうぞうぞと蠢《うごめ》き、這《は》い回っている。

たくみだと思った。たくみを沢山連れてきてしまったのだろうか。

劇団と共に暮らすのは楽しい。今はまだみんなに気を遣われているけれど、裏方の仕事

や役者の仕事も教えてもらえば、こんな自分でも少しは役に立てるのだろうかと思った。

しかし、それは無理なことと知る。

芝居の舞台には暗転がつきものだ。

闇の中、襲ってくるのは底知れぬ飢餓感《きがかん》だ。苦しい。痛み、めまい。いっそ死んでしまった方が楽なのではないかとさえ思う。

あそこにはなかったものがここにはある。

首を吊《つ》るためのロープも、肉を裂《さ》くための包丁も、飛び降りるだけの高さのあるビルもそこいらじゅうに立っている。

そんなある日、須藤《すどう》がやって来た。

須藤は橘の執事だ。彼の息子は仁や孝とよく遊んでくれていたので知っているが、彼とはほとんど話をしたことがなかった。須藤は橘家執事の筆頭で、家の中の采配《さいはい》はもちろん、父の仕事の内情にまで深く関わっている立場の人間だ。

もちろん顔は知っていたが挨拶《あいさつ》程度しかしたことがなく、あまり話をした覚えもない。

「孝様、お久しぶりでございますね」

座長の配慮で人払いした楽屋の隅で彼は孝と向かい合うように座って、今までに起きたことを話すよう促した。

隣にいる仁の顔を窺う。

「大丈夫、須藤さんは味方だ。あったことを全部話して大丈夫だ」

仁は孝の不安を打ち消すように言ったが、孝には全部を話すことはできなかった。

夏祭りの夜、お屋敷街で女の子と出会ったことまでは覚えている。口許のほくろ、謎めいた美少女の笑う声。そして、廃屋となった屋敷の庭から出てきた黒い男たち。

しかし、そこから先が見えなくなった。

さなぎとか、黒い「外」とか、記憶が一杯ありすぎて、何がどう絡み合っているのか分からないのだ。思い出そうとすると、また暗闇を落ちていくような感覚に囚われる。

何者かに背後から引きずり込まれそうになり、驚いて見ると肩越しに何者かと目が合った。うらめしそうな顔をした少年だ。この顔は見覚えがある。あのさなぎの中の写真の少年、たくみだ。

『お前なんか価値のない人間なんだ。捨てられたんだろ？　死んじゃえばいい。お前の身体をくれよ』

「なん……」

見る間にたくみの顔がどろりと溶けて流れ落ち、腐肉《ふにく》にまみれた骸骨《がいこつ》と化す。顔と見えていたのはうぞうぞと這い回る蛆虫《うじむし》なのだ。

「うわあああ」

おぞましさに飛び退《の》き、離れない骸骨を引きはがそうと闇雲《やみくも》に手をふりまわした。

「おいっ、孝。しっかりしろ」

仁に抱き止められてもしばらくの間、孝は叫び、めちゃくちゃに暴れ続けた。

「須藤さん。時間をもらえませんか。俺が少しずつ話を聞くようにします」

どこか遠くで仁が言うのが聞こえた。

「もちろんでございます。しかし、仁様。思った以上にＰＴＳＤ《心的外傷後ストレス障害》がひどうございますね。このままでは日常復帰も難しいのでは。早急にきちんとした治療を受けませんと」

「そうですね。しかし受診は危険なのではないですか」

不安をにじませた仁の声に須藤が極秘で病院の手配をどうのとか言っている。

「はっきり申し上げて今の状況下ではご自宅に戻られるべきではないでしょう。何としても小菊様の関与を裏付けるための証拠が欲しいのです」

「孝の記憶次第だな……。ですが、今の状態であまり強い負荷をかけるのは避けたい」

「ええ、もちろんでございます。孝様の回復を一番に考えて参りましょう」

仁がほっとしたように息を吐いた。

「あなたがこちら側で良かった」

ふふと須藤が笑う。

「彼ら一派を潰すのにこれほどの好機はございませんので」

孝には、二人が何の話をしているのか分からなかった。

「それはそうと、この問題の決着がつけば仁様は橘へ戻られると考えてよろしゅうございますか？」

「それは……。分かりません」

「何故でございましょう？」

「肝心《かんじん》のことは今回の問題とは別の話だ」

肝心のことと言った時に仁がこちらの気配を窺ったように思えた。孝に内容を悟《さと》らせないため、わざとわかりにくい言い回しをしているのではないかという気がする。

自分が両親の本当の子供ではないこと？

ふと、仁は孝がこのことを知っていると気づいていないのではないかという気がした。だから仁は孝のために、知らないフリをしてくれている。もし、自分が本当のことを知っていると仁に気づかれてしまったら、仁は何と言うだろう。

両親は子供に無関心だ。友人たちのように遊びにつれていってもらったり、そもそも一緒に食卓を囲むことさえない。孝にとって、唯一《ゆいいつ》の肉親と思えたのは仁だけだった。

しかし、自分が橘の子供でないというのなら、仁とだって血の繋がりがないことになる。

懐かしい匂いのする仁。その優しさを自分は受け取るだけの資格がない。いつ失っても仕方がないのだと知る。与えられる可能性があるから甘えてしまう。いっそ仁の方から突き放してくれればいいのにと思った。

須藤が帰ると、劇団の人たちが楽屋に入ってきて、夜の部の仕度を始めた。慌ただしい日常の再開だ。このままの時間が永遠に続けばいいと思う反面、価値のない自分のために仁をいつまでも縛り付けてはいけないことも分かっている。感情と思考に引き裂かれそうだった。

翌日、それは起こった。

その日は座長の誕生日で、イベントが予定されており、早朝から芝居小屋全体が騒がしかった。仁も劇団の一員として頼りにされているようで、孝一人だけがやることもなく手持ち無沙汰だった。せめて何かできることを、と芝居小屋の周囲を掃《は》いていた時だ。

見知らぬ女から声をかけられた。

聞けば、座長の大ファンで福岡《ふくおか》から夜行バスでここへ駆けつけたそうだ。差し入れにとメロンを二箱持って来たのだが、女性の手にはあまりに重く、途中にある神社に置かせてもらっているので、運ぶ手伝いをしてくれないかというのだ。

誰か手の空いている人をと思ったが、みな忙しそうだし、声をかけるのもはばかられる。外へ出る際には必ず仁か、劇団の誰かに同行してもらうよう言われていた。

だが、神社はすぐそこで、芝居小屋の前の道路からも豊かな緑が見渡せている。彼女自身を見ても四、五十代ぐらいの痩《や》せた女性で、怪しい人物には見えなかった。

時刻は朝の六時半を回った頃だ。既に十月、神社の境内《けいだい》では秋の虫が鳴いていた。

朝露《あさつゆ》に濡《ぬ》れた下生《したば》えを踏み、回り込んだ社務所裏の大樹の下で、振り返った女が言った。

「おかわいそうに。このままではあなたはどこへも行けず、何者にもなれないのですよ」

「え？　あの、メロンは……」

　メロンを運びに来ただけのはずなのに、この人は何を言っているのだろうと思った。

「分かっていますよ。あなたはお兄さんに負い目を感じているんですよね。みんな新学期で元気に登校しているというのに、あなたは学校にも行けず、あなただけではなく、お兄さんまで休ませてしまっているのでしょう」

　女の声には麻酔作用でもあるかのようだった。危険だと心のどこかで思いながら、心が麻痺《まひ》したようでちょっとぼんやりしている。

「あなたの気持ちは分かっていますよ。辛いわねえ」

　まるで魔法にでもかけられみたいに、すっと心が軽くなったような気がした。

　ずっと仁や周囲の人々に迷惑をかけているという罪悪感や申し訳なさ、そして自分の精神をコントロールできないふがいのなさや不安などといった心の重荷を誰にも言えず、ただ一人で抱え続けているしかなかったのだ。

　まるで目の前のひとが重い荷物の半分を受け止めてくれたように感じた。

「大丈夫。あなたはもう十分苦しんだわ。もう楽になっていいのよ」

　飛行している感覚があった。

闇の世界とさなぎの部屋を過ぎると、噴火口のようなものが見えた。中にはどろどろと赤い溶岩《ようがん》が見える。溶岩と見えたのは自分自身の感情だった。怒り、不安、やるせなさ。

「もういいの。あなたは疲れすぎたのね。あなたは何も悪くないわ。さあお休みなさい」

気がついた時、孝は記憶の一部を失っていた。夏祭りに行ったことも、その後の顛末も、それどころか、大切だったはずの『骨董・おりおり堂』や桜子おばあさまのこと、仁と過ごした山小屋の日々、あれほど嬉しかった仁が作ったホイコーローの味まで、すべて忘れてしまっていたのだ。

あの日からもう二十年近くが経つ。

孝は仁と山田澄香と三人で山に来ている。かつて仁と数日の間暮らした山小屋を訪れたのだ。

既に日没を迎えている。夕刻の山中はどんどん気温が下がり、周囲から光が消えていく。足もとの地面が揺らぐ。孝はあの日の暗がりが自分の周囲に迫りくるのを知った。

「大丈夫か、孝」

心配そうな仁の声が聞こえる。

「ああ、大丈夫だ」

だって自分はすべて思い出したのだから。

誰が何の目的で孝の記憶を封じたのか――。今ならば分かる。さまざまな感情が一気に押し寄せてきて、破裂《はれつ》しそうだった。

自分は橘の実子ではない。実際、両親の愛情を感じたこともないし、完全な放任主義だった。冷酷といってもいいほどの合理的な判断をする人たちだ。孝を不要な人材だと思ったなら、即座に捨ててしまっただろう。もちろん犬や猫みたいに山に捨てにいくわけではないが、合法的に、かつ体面を保ちながらどこかへ追いやってしまうぐらいのことは朝飯前なのだ。あの時、小菊が孝に対してやったように、「たくみ」を探し続けるどこかの家に養子として差し出したかも知れない。仁は、そうやって孝が居場所をなくし、どこかへ追いやられてしまうことを防ぐために自らの立場を捨てたのだ。孝の居場所を守るために。

だというのに、自分は――。

孝は唇を噛んだ。

どこかで仁のことを仕方のないヤツだと思っていた。才覚やカリスマ性に恵まれながら、自分勝手に家を出た愚かな兄とどこかで思っていた。料理人になるという選択に呆れ、起こした事故の尻ぬぐいをしながら、よくもこんな恥ずかしい真似をしてくれるものだ、なんて内心、平気で罵倒していた。今の自分が生きているのも、今の地位があるのもすべて仁の犠牲《ぎせい》の上に成り立っているというのに。

そんな仁の優しさにも気づかず、仁が自分のために傍にいてくれたことも、あのホイコ

ーローの味も思い出も、大事なことをすべて忘れて、大きな顔をして橘の後継候補として立っていた。なんてことだと思う。最低だ。過去の自分を消してしまいたいと心の底から願った。

封印された記憶の向こうから、負の感情が溢れてくる。少年の孝を苛《さいな》んだ痛みや飢餓感が渦《うず》を巻いて迫ってきていた。

かつて見たものが次々に脳裏に浮かび、ああ、走馬灯か、と思った。開かずの間へ向かう途中に見た、おいしい食べ物たちの記憶を走馬灯のようだと思ったのもあながち外れてはいなかった。昨日のできごとのはずなのにもう懐かしいような気がする。あの時はまだ幸福の記憶を夢に見ることができていた。これを仕組んだのが天だというなら、せめてもの温情だったのだろう。

今、孝の意識の中に映し出されているのは辛いもの、苦いもの、悲しいもの。自分の人生の中でもよくない記憶ばかりだった。走馬灯を死の間際に見る夢だというのは本当なのかも知れない。これは地獄へ向かう罪人が見る夢なのかも知れなかった。

鏡の中の姫君

澄香は一人で昼食を取っている。ここへ来てからはこんなこと、本当に数える程しかなくて少し緊張していた。

緊張というのも変な話なのだけど、『骨董・おりおり堂』での食事はずっと誰かと一緒だったのでどこか落ち着かないのだ。

静岡の後、しばらく行方をくらましていた虎之介が帰ってきたので、仁は彼を助手として『出張料亭・おりおり堂』の仕事に出ている。

同行したいのはやまやまだったが、風邪をこじらせた桜子が入院してしまったのだ。

昨日、仁の作った洋風おでんを持って行った時はそんなに大変な様子にも見えず、おいしそうに食べていたのだが、ゆうべ遅く入院が決まったのだそうだ。

今朝早く本人から連絡を受けた澄香はうろたえたが、声を聞く限りは元気そうだし「念のためですの。心配なさらないで」と言われて、少しだけ安心した。

本当は病院に付き添いたいが、当の桜子から店を開けるよう頼まれた。

桜子の身の回りの世話は、気心の知れた家政婦さんがついてくれることになっているので、その人に任せておけば大丈夫だろう。

むしろ『骨董・おりおり堂』を澄香一人で切り盛りできるのか、そちらの方が不安だ。

店頭に並ぶうつわの説明をし、買っていただくだけなら問題はないが、骨董の難しい目利きや詳しい話を求められると困る。今の自分でどこまで対応できるか分からない。どうしても手に負えない難しい話を持ち込まれたら、桜子の復帰を待っていただくほかなさそうだ。桜子について一生懸命学んでいるつもりだったが、まだまだ知識も経験も足りない。桜子が後ろに控えてくれている。それがどれほど心強いことなのか、澄香は痛感していた。

プレッシャーもあって何かを作る余裕はなく、コンビニのおにぎりを買ってきた。

仁は『出張料亭・おりおり堂』の帰りに虎之介と寄るところができたそうで、申し訳なさそうに、今日のまかないはなしだといわれていた。仁に勧められた通り、昨日の残りの洋風おでんを温めたものをうつわに入れて食べながらおにぎりを囓《かじ》る。

あたたかい洋風おでんが持つ滋味に、肩の力がすっと抜けていくような気がした。

何度か温め直した二日目の具材はどれも奥深くまで味が染みこんでいるようで、どこかくってりとした食感に変わっている。

こんな味の変化も面白いものだなと思う。

普段みなでいただく食事では楽しさが勝っていて、ここまで突き詰めて味わうことはしていないのかも知れない。

おにぎりの冷えた米を口の中でちょっと持て余しながら、澄香は二年と少し前の三月のことを思い出していた。

仁はその年、『出張料亭・おりおり堂』を閉めて京都《きょうと》へ向かった。婚約者だった女性、由利子《ゆりこ》の病床に付き添うためだ。

由利子は仁が修業をしていた京都の老舗料亭こんのの後取り娘だ。父であるこんのの主人によって仁との結婚を命じられてはいたが、他に思い人がいた彼女は仁を巻きこむ形で事故を起こし、長い間目覚めなかった。ようやく目覚めた彼女は思い人のことを忘れ、仁を自分の婚約者だと思いこんでいたのだ。仁は彼女に真の記憶を取り戻させるべく、彼女の許に日参していた。

三月の終わり、堤の上の満開の桜並木の下で、仁が戻る日を、『出張料亭・おりおり堂』の再開を待つと告げた澄香に仁は言った。

「けど、お前、結婚したいんだろ？　俺を待ってても何年かかるか分からない。もしかすると、適齢期《てきれいき》を逃すかもしれない」

適齢期っていつの時代の人だよと澄香は思ったものだが、それでも必死で言った。適齢期なんて関係ない。厚かましいとは思うが、私はあなたと人生を歩いていきたい、と。

一応あれは、澄香なりのプロポーズのつもりだった。それに対し、仁は優しい笑顔で「分かった」と言ったのだ。普通に考えて、結婚の約束ができていたように思うのだが、今になってみると、あの日のやりとりはなかったことになっているとしか思えなかった。

夢ではなかったはずだ。もしかすると仁は自分が京都にいる間に、かわいそうなゾンビ

の妄執《もうしゅう》もしぼんで、澄香がここから立ち去っていると思っていたのではないか？　と考えて、澄香は自らの考えを打ち消した。仁は律儀《りちぎ》な人だ。そんないい加減なことはしない。

澄香は助手のポジションだけでは飽き足りなくて仁に弟子《でし》入りし、料理を学んでいる。だが、料理の才能はあまりなかった。唯一優れていたのが味覚《みかく》だ。最初に仁からスカウトされたのは、事故の後遺症で一時期味覚が分からなくなっていた彼の代わりに味見の補佐をするためだったのだ。

澄香の婚活は実際のところ惰性《だせい》で行っていたようなものだ。仕事第一で他のことを考える余裕がないというわけでもなかった。それなのに結婚したいと思わないのは変だと言われるのがいやで、仕方なく婚活の列に連なっていたのだ。

おりおり堂へ来てから婚活はやめてしまった。他の人の様子を窺って、変人だと後ろ指をさされないよう、周囲から浮かないようにと気をつかってばかりいても何も得るものはないことに気づかされたからだ。仁に恋しているのも事実だが、澄香は当初、あまりに畏《おそ》れ多《おお》くて結婚したいなんて考えていなかった。

けれど仁は、澄香を拘束してしまったことに責任を感じているようだ。どう考えても結婚できそうにないこのゾンビを憐《あわ》れみ、仕方なく結婚することにしたのではないかという気がする。

つまりあれは、と澄香は思う。

仁は澄香のことが特別好きというわけでもなかったが、どうせ誰かと結婚しないといけないのならば、山田も気の毒だし、もうこれでいいか的な、半ば諦めのように考えた結果の言葉ではなかっただろうか。

ところが今になって、仁の前にとてつもない美女が現れ、仁はたちまち心を奪われた。当然、取り柄もない美人でもないゾンビなんかよりそちらの方がいいに決まっている。そんなわけで山田には悪いが……となったのだが、優しい仁のことだ。あまりにゾンビが哀れで決定的なことを言えないのが今の状況なのではないかと澄香は思うのだ。

しかし、それではなぜ彼は静岡で孝の話を澄香に聞かせたのだろうか。

他人の澄香に軽々しく同情されることをプライドの高い孝がよしとするとは思わないが、それでもあの話はあまりにも深刻で辛かった。

その上で、仁が山田にも知っておいて欲しいと言ったのだ。背景には信頼があるとうぬぼれてもいいだろうか？　ただ、その信頼は結婚相手に向けるものではなくて、桜子から『骨董・おりおり堂』を任された澄香に対する信頼ではないかという気もする。確かに、店のオーナーの桜子だって橘の家と無縁ではない。橘家の真実を知らずにいては、今後、店の運営にも支障《ししょう》が出るということなのかも知れなかった。

そっか、そうだよなぁ……。

おにぎりの中からたらこが出てきた。もそもそと嚙みしめながら考える。もしかして彼

は私のことが好きなのかしら？　なんて無邪気に思えた時期はもう過ぎた。

残念だけど、仁の隣に立つのは自分ではない。自分はもっともっと勉強して、『骨董・おりおり堂』の責任者として、桜子の信頼に応えなければならないのだと考えながら、澄香は鶏がらや野菜の出汁の染み渡った西洋おでんのスープを飲み干《ほ》した。


「え、ちょっと待って。鏡がすり替わったってどういうこと？」

仁と共に帰ってきた虎之介の言葉に驚く。

「俺もよく分かんないんだけどさ」

虎之介も要領を得ない様子だ。スマホの画面をスクロールしながら途方にくれたような顔をしている。

さっきから何か変だと違和感を覚えていたことに思い当たった。虎之介は慣れた手つきでスマホを操っているが、つい先日まで、彼は携帯《けいたい》電話の類いを持っていなかったのだ。そもそも彼は自称記憶喪失《きおくそうしつ》で自分が誰かも分かっていないことになっている。雨宮虎之介という名前も仮の名だ。それでは本人確認が必要な携帯電話の契約はできないだろう。

多分、R国文化財保護官のラウルから渡されたんだろうなと澄香は考えていた。

ラウルはまだ日本国内に残り、一連の事件の裏付け調査などを行っているそうだ。

一応、虎之介もラウルの同僚らしい。しばらくはラウルと行動を共にしていたようだし、

そのうちR国に帰るのかと思っていたら、ある日ふらっと戻ってきてそのまま何事もなかったかのようにおりおり堂にいる。

もはや記憶喪失の話は通用しないと思うが、本人はそれを訂正する気もないようだ。

何故ここにいるのか。それとなく訊いてみたこともあるのだが、のらりくらりとはぐらかされてしまっていた。

その彼がすり替わったと言っているのは例のいわくつきの柄鏡のことらしい。

「あれだよね。男性が触ると祟りがあるとか言ってた」

光を受けて蝶の影が飛び出す魔鏡と呼ばれていたものだ。

「そう、あれ。スミちゃんに協力してもらって動画に撮ったのは間違いないんだけどさ」

警察に押収され、きちんと保管されているはずの現物をラウルが改めて確認したところ、柄鏡が別物とすり替わっていたらしい。

「え、でも、それってまずいんじゃないの？　知らずに男性が触ったりしたら……」

「そうなんだよなー。変なことにならなきゃいいんだけど」

虎之介は何ともいえない顔で腕組みをしているが、正直なところ澄香としては、ふうん、大変だなぁと思っただけだった。美術品を専門に扱う彼らは祟りがあるといういわれに注意を払っているだけだろう。まさか実際に何かが起こるとは思ってもみなかったのだ。

十二月二十二日、今年の冬至《とうじ》を迎える。

二時を少し回ったところで思いがけない来客があった。アミーガが徳島《とくしま》の知り合いから大量に送られてきたという柚子《ゆず》を段ボール一杯に詰めて持ってきてくれたのだ。

「柚子ちゃん沢山持ってきてあげたわよ」

そういうアミーガは二メートル近い長身にウエスタンハット、フリンジのついたジャケットを羽織り、片手で軽々と段ボール箱を抱えている。ノーメイクながらすごい迫力だ。机の上に段ボール箱をそっと置く。大胆《だいたん》に見えて繊細《せんさい》な人なのだ。

店先にたちまち爽《さわ》やかな香りが拡がった。

「うわ、すごい。いい香りですねー」

「そうでしょそうでしょ。柚子風呂もよし、もちろんお料理に使ってもいいのよ。マダムのお見舞いに使えないかしら。ね、仁ちゃんならきっとおいしい料理を作ってくれるわよね。本当はアタシが直《じか》にマダムに差し入れに行きたいのよ？　ああっもうじれったい」

アミーガはパイソン皮のウエスタンブーツで地団駄を踏むようにした。みな、入院中の桜子を案じているのだが、仁や澄香も含めて面会を断られている。特段具合が悪いというわけではないようなのだが、静かな環境で養生する必要があるというのが医師の意見らしかった。かえって心配になるような話だが、電話で話をした限りでは、桜子の声には普段と変わらず張りがあるように感じられた。

「大丈夫ですよ。そんなに大したことではないの。どうぞ心配なさらないで。少し疲れが出たのかしらね」といつもの調子で言うものだから、澄香は自分にできることは彼女が戻るまで店を守ることだと言い聞かせている。

そんなわけで今、澄香はほとんど『骨董・おりおり堂』にいて、仁の出張には同行できないことが続いていた。

やがて仁と虎之介が戻り、柚子を見て喜び、アミーガはいつものように仁をべたべたと触ることで親愛の情を表している。

「そうか。もう冬至なんですね」

アミーガに触られつつ、ぼそりと呟いた仁は少し疲れているように見えた。

元々、十二月は『出張料亭・おりおり堂』にもパーティーの予約などが入って忙しい。そこへもって来て、仁はエリカから頻繁に呼び出されているようなのだ。付き合いたてで毎日顔を見たい気持ちは分かるけど、仁が疲れている時ぐらいは休む方を優先させてあげてくれればいいのにと思い、澄香は首をふった。

いや、余計なお世話だわ――。

大体、これが嫉妬《しっと》から出た気持ちではないかといわれると自信がない。

平常心、平常心。自分は隣の部署の同僚なんだからと言い聞かせて、できるだけ心を波立たせないようにしているのだが、気を抜くと色んな感情が立ち上がってきてしまう。

あれ以来エリカが出張料亭について行くことはなかった。助手を務めるのは虎之介が主で、女性のお客様には事前に女性スタッフがいない旨《むね》を説明し、了承を得ているようだ。

本当は何をおいても自分が行きたい。そう思うが、桜子の不在に『骨董・おりおり堂』を放り出すわけにもいかなかった。

「ホント、びっくりするぐらい日暮れが早くなったわよねえ。これから本格的な冬が到来するのよね」

アミーガの言葉に澄香は格子戸越しに外を見やる。何だかずっと慌ただしくて、そんなことを考える余裕がなかった。

三時を過ぎた今、外を見れば既に日が傾いているようだ。昼の時間の長い夏至《げし》の逆で、冬至は夜の支配が長い。

一陽来復《いちようらいふく》。新年に桜子が澄香に和服を着つけながら言っていたのを思い出していた。

柳《やなぎ》を輪にしたものを結び柳と呼び、一陽来復を示す。一陽来復とは冬が終わり春になること。そして、悪いことが重なってもやがてはそれも終わり、今度は幸運へ向かうのだと彼女は言っていた。季節も人生も夜の底まで沈みきって、初めて光の方向へ向かって浮上することができるのだろうかと思う。

桜子や孝の体調が戻り、以前のように皆で楽しく食卓を囲める日が来るといい。

もしかするとそこに自分はいないのかも知れないけれど、それでも、おりおり堂に明る

い光に満ちた日々が戻ってきますように――。

そんなことを願う。

ふわりとコーヒーの香りが流れてくるのに気づいて、澄香は目を細めた。

歳時記の部屋のカウンターで仁がコーヒーを淹《い》れている。流れるのはアナログレコードのジャズ。たまらなく愛《いと》おしい時間だ。

「はあ、素敵《すてき》。今日は仁ちゃんがいてラッキーだったわ。イケメンの淹れるコーヒーなんて五割増しでおいしい気がするわよ」

すっかりくつろいだ様子のアミーガがお土産《みやげ》に持ってきてくれたおしゃれな缶入りのクッキーをみなに勧めてくれる。

こちらも伊東土産のお菓子を渡して土産話をしているとアミーガが声を上げた。

「ちょーっとお待ち。聞き捨てならないじゃないのさ。仁ちゃんにそっくりのイケメンがいたですって？　ヤダァ。何それ。イケメンサンドじゃないの。んっもぉう、山田ったらどうしてそんなに気が利かないの。そんな天国、アタシを呼ばずにどうするのよ」

バシバシと腕を叩かれ責められた。

「えっ？　え。ああ、いやあ。あまりのことにちょっと何というか、現実の光景と思えなかったというか、本当に生きてる人間なのかと疑ったんですよね」

そういえばドッペルゲンガー説もあったなと澄香は思い出していた。仁はもちろん、虎

之介によるとラウルも元気そうだ。彼らのどちらかがドッペルゲンガーで、自分の影に出会って三日後に死んでしまったというような話にはならなかったようで安心した。

　開かずの間のことや盗品、孝の話は伏せて、ラウルの正体がＲ国の文化財保護官だったと言うと、アミーガはなぜか急に声を落とした。

「あらＲ国の人なのね。Ｒ国といえばアレよね。悲劇の日本人婚約者。あんな悲恋ってある？　ああっホントに泣けちゃうわ」

「え、何ですかそれ？」

「あら知らないの？　まあそうか、日本じゃあんまり知られてないのよね、この話」

　澄香も初めて知ったが、アミーガはロイヤルウオッチャーだそうだ。日本の皇室はもちろん各国王室の動向にも詳しい。その話によれば、二十年ほど前、Ｒ国の第二王子と婚約していた日本人女性がいたのだそうだ。

「へえ？　そうなん？」

　隣で虎之介がキョトンとしている。

　アミーガの話はこうだった。

　王室付属の機関で働いていた日本人女性が王子に見そめられ婚約した。ところが結婚式の直前に盗難事件が起こり、その犯人とされた彼女はＲ国を追われることになったらしい。

「その盗難事件って本当にその人が犯人だったんですか？」

そんな立場の人が事件を起こすとは思えない。澄香の問いにアミーガは首をふった。

「分からないわ。婚約の正式発表が出る寸前の話でね、詳しいことがあまり外に出てないのよ。アタシが見たのもR国の隣国のタブロイド紙の記事だし。R国としてもあんまり公《おおやけ》にしたくないんでしょうね。今も真相は闇の中ってわけ。だけど、やっぱり外国人、しかもアジア系となると、差別的な感情を持つ国民もいたんじゃないかと言われているわ」

「じゃあ、その人が誰かに陥《おとしい》れられた可能性があるとか？」

だとするとあんまりだ。アミーガもそこまでは知らないようで、ハンカチをちぎれんばかりに嚙みしめながら身を捩っていた。

「分かんないっ。分かんないけど、ああっ、悔しいわ。もしかするとあの華麗なヨーロッパの王室に日本人の王女様が誕生してたかも知れないのよ？　これから結婚して幸せになろうかって時に追放された彼女の気持ちを考えると涙が出てくるわ」

　確かに胸が痛くなるような話だ。

　R国には江戸時代に日本から贈られた美術品を集めたコレクションがあるとラウルが言っていた。その縁でその女性もR国にいたのだろうかと考えてみる。異国の王室に嫁ぐなんてふわふわと甘いおとぎ話みたいだけれど、彼女にとっては苦い現実だったのだろうか。

「でもね、この話はここで終わりじゃないのよ」とアミーガが更に声を落とした。

「実はその後、Ｒ国の王室は相次いで不幸に見舞われているの。それを例の彼女が呪ったんじゃないかって言う口さがない連中がいるのよ。本当に腹が立つわよね」

お客さんが来たので話はそこまでになってしまった。

アミーガが帰った後、何となく気になってネットの記事を検索してみた。婚約者の話に関しては一般人である彼女のプライバシーに配慮してか、あまり詳しく書かれたものは出てこなかったが、アミーガの言う通り、Ｒ国では皇太子と皇太子の長男、側近や関係者が数人相次いで亡くなったらしい。

この時、澄香の脳裏に浮かんだのは例の柄鏡のことだった。

男性が触ると祟るとか言ってたけど……。

いや、でもあの鏡、盗まれたんだっけ。名月館の開かずの間にあったのだ。Ｒ国の王室の人が触る機会はないだろう。

そこまで考えて、ん？　となった。

日本人婚約者の盗難事件って、まさかその時に柄鏡が盗まれたわけじゃないよね？　と思ったのだ。江戸時代に日本から贈られたものなのだから、もっと前に盗まれたように思っていたが違うのだろうか。いやいや、勝手な憶測で変なことを考えちゃ失礼だよねなんて思っていると、目の前で予約票のノートを手にした仁が難しい顔をしているのが目に入った。

聞けば十二月二十五日の予約を入れた依頼者と連絡がつかないらしい。

メッセージは返ってくるのだそうだ。だが、電話をしても応答がないし、メールで詳細の打ち合わせをと頼んでも反応がないという。

キャンセルというわけではないが、細かいことはまた後日に、というばかりで実際の料理の打ち合わせができず困っているらしい。

「せっかくのクリスマスなのにもったいない」

思わず言うと仁が苦笑した。

十二月はクリスマスパーティーの料理依頼が多い。予約がもっとも激戦になるのはクリスマスイブだが、次に人気なのはクリスマス当日の二十五日だった。以前は一年前から予約を入れる人がいたが、『出張料亭・おりおり堂』は一度休業しているので、この夏の再開後に入った予約ということになる。

澄香は十二月二十五日の予約が入った時のことを覚えていた。仁が戻り、『出張料亭・おりおり堂』を再開することが決まった翌日にメールで問い合わせがあり、そのまま予約となったのだ。常連客に挨拶のメールや手紙を送る前のことで、あまりの早さに驚いた。

「あの時の方ってことですよね？」

「そうだな」

といってもメールのやりとりだけなのでどんな人かは分からない。名前は山田としか名

乗らず、男女の別も不明だ。澄香と同じ苗字だが、もちろん澄香の関係者ではなかった。

二十五日は仁の誕生日だ。その日、仁を貸し切りにできるのならばと一瞬考えたが、やはり仁はお客様のために料理を作っている時が一番素敵だと思う。独り占めしたって何も面白くないのだ。

ノートの上でトントンとボールペンの先端を叩く音が聞こえる。

仁の癖だ。前に聞いたことがあった。このボールペンの重さが伝える振動が心地よく、ついこれをやってしまう、と照れくさそうに言っていた。長い指になじむ銀色のボールペンを見て、澄香はつい頬が緩むのを感じる。

このボールペンは最初の年の仁の誕生日に澄香が贈ったものだ。今も仁が愛用《あいよう》してくれているだけでとても嬉しい。と同時に少しだけ切なくなった。

今年の誕生日にはあまり凝《こ》ったものや値の張るものを渡すべきではないだろう。隣の部署の同僚に思いのこもったプレゼントを渡されても仁を困らせるだけだと思うのだ。

「ごめんください」

夕方、カフェの常連さんと話をしている時に格子戸が開き、現れた人を見て澄香は目を瞠《みは》った。肩までの黒髪をハーフアップにし、にこにこと柔らかい笑みを浮かべる。見覚えのある女性が重そうな風呂敷包みを大切そうに抱いていた。

「えっ。美冬《みふゆ》先生、もしかしてわざわざお持ち下さったんですか⁉」

吾妻《あずま》美冬。高名な金継《きんつ》ぎ師《し》だ。仁が祖父から受け継いだ褐色《かっしょく》のマグカップを割ってしまい、申し訳なさに落ちこんでいた澄香に桜子が紹介してくれたのだ。

彼女は銀を使い、見事にマグカップを修復してくれた。そのカップは今もちゃんと歳時記の部屋のカウンターの棚に収まっていて、変わらず仁が使っている。

　銀は時間の経過と共に表情が変わる。その表情の変化を楽しむのも銀を使った継ぎの魅力なのだ。夏に仁が大阪から帰って来た時、マグカップに施《ほどこ》された金継ぎを喜び、この銀の変化を俺と一緒にここで見届けてもらえないかと言った。澄香に、だ。

　だが、それも『骨董・おりおり堂』の責任者、つまり隣の部署の同僚に対する信頼から出たものだったということだ。これもゾンビの勘違いの一つだった。

　美冬は大阪の箕面《みのお》にアトリエを構えて一人暮らしをしている。どこか少女の面影を残した素敵な女性だ。桜子が依頼していた金継ぎが仕上がったという連絡はもらっていたが、まさか直々に持って来るとは思わなかった。

　恐縮する澄香に美冬はうふふと笑う。

「ちょうど他に用があったんです。橘先生が入院されたとも聞きまして、これは何としても東京に行かなぁあかんと思うて来ました」

　おっとりとした関西弁が心地好《ここちよ》い。美冬は柔らかそうな頬をゆるませ、ふっと笑った。

「実は無理を言うて橘先生にお目にかかって来たんですけど、お元気そうで安心しました」

遠路はるばる会いに来たということで、短時間ならという条件で面会許可が下りたらしい。

少し遅くなるが仁が戻るまで待ってもらって一緒に夕食をと誘ったが、美冬はこの後、お友達と食事の約束があるという。

「また今度、是非、橘先生も交えて、澄香さんの思い人さんのお料理を呼ばれたいわぁ」

思い人。その言葉に納得《なっとく》させたはずの気持ちがまた浮かび上がって、澄香の心にぶすりと穴を空ける。

美冬はマグカップの金継ぎをする際、どんなデザインにするかを澄香に決めるように言った。今の持ち主である仁がどんな風にそのカップを持っているのか、一番見ている人だからというのだ。どうやら彼女には澄香の気持ちなどとうにお見通しだったようだ。

もうその役割は自分ではなくなるのだと美冬に告げたかったが、澄香は言葉を呑み込む。

せめてもと、澄香がコーヒーを準備する間、美冬は店内の骨董や普段使いのうつわ、歳時記の部屋と楽しそうに見て歩いている。

「橘先生、澄香さんがいらっしゃるからお店のことは安心ですのよっておっしゃってたわ。頑張《がんば》ってはるねえ。澄香さん」

顔をくしゃくしゃにして笑う美冬にねぎらわれて慌てた。

「とんでもない。私、もう至らないことばかりで、毎日ひやひやです」

「ほほほ。何を言うてるの。澄香さんなら大丈夫やわ」

「いえ、本当に勉強不足を痛感するばかりで」

それが正直な気持ちだ。

澄香の言葉に美冬が鷹揚《おうよう》に頷く。

「頼れる人から離れて、一人で立ってみて初めて気づくこともありますもんね。そうやわ。私でお答えできることでしたらいつでも遠慮なく訊いてきて下さってええんですよ。私、澄香さんを応援してます」

もったいない言葉に涙が出そうだった。

歳時記の部屋でコーヒーを飲みながら、美冬と話をする。互いの近況や桜子の話など、美冬の話は楽しく話題も尽きなかった。

「柄鏡の祟り？」

美冬は美術館の学芸員の資格を持っている。もしかしてと思いついて訊ねてみると、やはり聞いたことがあるらしい。

「Ｒ国の夫婦《めおと》鏡の話ですやろか？」

「そう、そうです。Ｒ国から盗まれたと」

しかし夫婦鏡？　初めて聞いたが同じものなのだろうか。首を傾げる澄香に美冬は言う。

「あの鏡は、元は大きさの違う二枚の鏡で一対のものやったんです。蝶々が彫られていることから、それぞれ雄蝶の鏡、雌蝶の鏡と呼ばれてますの。さる大名の姫の婚礼道具やったそうですが、ある時、実家が謀反《むほん》の疑いをかけられ姫は離縁されたんやそうです。そんな時代やから政略結婚やったんやろうけど、この夫婦はとても深く愛し合っていた。姫は悲しみに耐えかねて自害。後を追うように夫の方も戦で討ち死にされたとか」

　そんな逸話が？　と目を丸くする澄香に美冬は続ける。

「死の間際まで雄蝶と雌蝶の鏡を抱いて、『妾《わらわ》たちは家の犠牲になったのだ』と嘆き続けた姫の思いが宿ったといわれています。雄蝶は夫、雌蝶は姫。『死してようやく再会できる』と姫は言い残して亡くなったのやそうです」

　美冬の口調はかつての学芸員時代を彷彿《ほうふつ》とさせる淡々としたものだ。にもかかわらず、静かさの中にどこか苛烈《かれつ》なものを感じさせる。何か不思議な気分だった。

「やがて、時代が下ると、このいわれを知らぬ者が別々に売ってしまった。鏡を手にした家には必ず悪いことが起こる。調べてみるとこれは姫君の祟りではないかということになって、それ以降は絶対に二枚を分けてはならんと戒められるようになったんやそうです」

「そんな大変なものが何故R国へ？」

　澄香の問いに美冬は頷く。

「祟りというのは不思議なもんでね、澄香さん。同じものをちゃんと祀れば福をもたらすと言われることもあるんです。雄蝶と雌蝶も同じで、福をもたらす珍しい鏡として贈られたんやないかと思います。ところが、決して二枚を離してはならないという戒めの方は伝わらなかったみたいやの」

「じゃあ、Ｒ国で二つが離れてしまったんですか？」

「そうみたいやね」

先日調べたばかりの、Ｒ国に起こったという連続死の話を思いだして、澄香は薄ら寒いものを感じた。

「あの、私も詳しくは知らないんですけど、Ｒ国では王室の方に不幸が相次いだとか？　まさか雄蝶と雌蝶を引き離したことが原因ってことはないですよね？」

「うーん。そうやねえ。それはどうか分からへんのやけど、姫君の祟りとはお家を滅ぼすものやと言われているみたいです」

お家を滅ぼす？　何故？　と思った。

「この祟りについて研究してはる民俗学の先生がいはってね」

その人の説によれば、と美冬が言う。

姫君からすれば、男たちが作った政治や権力争いの中で自分たち夫婦が引き裂かれたという思いが強かった。家という枷《かせ》がなければ政治に翻弄《ほんろう》されることもなく、自分たちは幸

せに暮らせたのに――。

「本当に祟りというものがあるのかどうか分かりませんけど」

その念が強く残っているので、家というものを壊す方向に力が働くのではないかという仮説があるのだそうだ。

「この鏡を、えっと雄蝶か雌蝶か分かりませんが、男性が持つと祟ると聞いたんですが、それは何故でしょう？」

「姫君の時代は男が世の中を動かしてたからやないかというのが、その先生の見立てです」

あまりのことに澄香は言葉を失った。

「姫君は女性には優しいのんよ。澄香さんは鏡を見る時、どんなことを考えてはる？」

「えっ」唐突な質問に言葉に詰まった。

答えられない澄香に、美冬が少女のような表情でいたずらっぽく笑っている。

「いやごめんなさい。困らせるつもりはなかったんやけど。何ですやろか。今の世の中、みんな忙しいからあんまり鏡見てゆっくり物思いに耽《ふけ》るってこともないんかも知れませんけど、やっぱり女性にとっては自分の顔と向き合う時、自分の心と対話してるんやないのかと思うんよ」

たとえば、恋心。嫉妬や甘い気持ちなど。

もし鏡の中に姫君の念が残っているのならば、鏡を覗く女性たちの心の奥底にある喜びや悲しみに自分と同じものを感じて、何かしら共鳴するのではないか。その結果、姫君が助けになってくれるのかも知れないと聞かされて、澄香はへええと思った。

澄香は自分の顔を鏡で見ても、うーんと唸るばかりだ。長年の付き合いなのでこんなものかとは思うし、目を背けたくなるほど気に入らないわけでもないが、うっとりと見つめるということはない。鏡というものは他人から見て見苦しくないよう容姿を整えるために使うものだと思っていたが、こんな調子ではとても姫君に共鳴してはもらえないだろう。

「そんなわけで先生の研究によると、この祟りというのは主に家を継ぐべき立場の男性に強く作用するらしいんです。男性が持つと何か障《さわ》りがあるのは、妾に触れるなっていう感じなんかしらね」

祟りだとか家を滅ぼすだとか、とても怖い話を聞いているはずなのに、何となくその鏡というか、姫君のことを嫌いになれないのが不思議だった。

「何とか二枚を一緒にしてあげたいですね」

「ほんまにそうですねえ」

二枚の鏡のうち、澄香が見たのはやはりR国から盗まれたもの。雌蝶の鏡だそうだ。

「雄蝶の方はどうなったんでしょう？」

「雄蝶はたまたま日本の専門機関に調査目的で送られていたため難を逃れたんですって。

その後、戻されて、現在でもR国に所蔵されているはずです」

雌蝶の鏡を文化財保護官であるラウルが発見し、後は手続きを踏んで本国に返還されるというタイミングですり替えられたのだ。

いったい誰が何の目的でそんなことをしたのか？　その誰かはこの逸話を知っているのだろうかと思った。

祟りの話について澄香は半信半疑だったが、学者が真剣に研究しているのだ。もしかすると、持ち主に何らかの悪影響があるのは本当なのかも知れない。

それにしても、R国が今でも雄蝶の鏡を所蔵しているというのが驚きだった。

もし、王室に相次いだ不幸がこの鏡のせいだという可能性があるのなら、すぐにでも手放しそうなものではないだろうか。

そう言うと、美冬は困ったような顔をした。

「多分、知りはらへんのやと思うわ」

「えっ、そうなんですか？」

「だって、いきなりおたくの持ってはる鏡が祟っているので気をつけて下さいって、王様のところに言いにいかれへんでしょう」

この話が解明されつつあるのはごく最近の話らしい。確かにいくら大学の先生でもこの報告を王室にするのは躊躇するだろう。

もし雌蝶の鏡が見つかったら、ラウルに知らせてあげた方がいいのだろうかと澄香はのんきに考えていた。

翌日、開店準備をしていると、突然の来客があった。警視庁の刑事だと名乗る男性二人に警察手帳を見せられ、澄香はぽかんと彼らの顔を見上げた。

「失礼、こちらが『骨董・おりおり堂』さんで間違いないですかね」

「はあ、そうですけど」

「責任者の方は？」

「一応、私ですが……」

話を聞いて腰を抜かしそうになった。

「というわけで、こちらのお店に嫌疑《けんぎ》がかかっているわけです」

おりおり堂からR国に対し、身代金要求がされているというのだ。混乱する澄香の前で刑事は持参のノートパソコンを開いて、英語で書かれたメールを見せてくれた。「Ｅ－ＫＡＧＡＭＩ」という文字を見つけて、まさかと思う。

「つまり、その柄鏡、ですか。R国より盗まれた文化財を返して欲しければ暗号資産で二億ドル相当を支払えという要求がなされたと」

「柄鏡って何のことですか？」

「ご存じのはずですよ。伊東の名月館であなたが手に取ってご覧になっていたという目撃証言があります」

やはり例の雌蝶の鏡だ。メールに添付された画像を見ると、確かにあの鏡らしかった。

「これって、いつの間にかすり替わっていたと聞きましたけど」

「そのようです。ただその行方はいまだに不明なんです。その上でこのメールが『骨董・おりおり堂』名義で送られているわけですよ。本当に心当たりはないですか？　あなたが知らなくてもお店の他の人が、とか」

どっと汗が噴き出してくるのを感じる。

桜子や仁がそんなことをするはずはない。

パニック状態で頭の回転が止まってしまったようだ。

「でも、そんな身代金要求ってこんな風に店の名前を出してするものですか……」

「そうなんですよね。まあ、正直我々もこちらのお店が関与している可能性は低いと思うんですけどね。どこで手がかりに結びつくか分かりませんので」

メールは海外のサーバーを複数経由していて特定が難しいそうだ。結局、刑事たちは店の経営状況や取引先、名月館との関係などを訊ねただけで引き上げていった。

だが、これだけでは済まなかった。

この日、早朝から売り出された週刊誌に『骨董・おりおり堂』のことが載っていたのだ。

名前は伏せられていたが店の外観の写真が掲載されており、見る人が見れば分かる状態だ。

アミーガやカフェの常連さんなどから連絡をもらい、コンビニに向かおうと思ったところで御菓子司・玻璃屋の左門《さもん》が「てえへんだ、スミちゃん」と週刊誌を持って来た。内容は『某骨董店』がR国から流出した美術品の身代金事件に関与しているというもの。さらに、伊東の老舗旅館を舞台とした盗品の密売ルートについての詳細が書かれており、それを主導しているのが『某骨董店』ではないかとの疑惑が書かれていた。

もちろん事実無根だ。桜子がそんなことをするはずはない。

しかし、午後にはSNSやウェブ記事で『骨董・おりおり堂』が特定されてしまい、店のメールやSNSに糾弾《きゅうだん》する書き込みが溢れ、電話が鳴り止まない状態になってしまった。

特に堪《こた》えたのは電話だ。

「R国に対してどう責任を取るんだ」とか、「国際問題だ」とか、一方的に主張を捲《まく》し立てて切れたかと思うと、「恥を知れ」だの「このクズ」だのと罵倒を繰り返されたりもしたが、もっとも多いのは無言電話で、受話器を置いた瞬間にまた鳴り出す。途中から留守電にしたが、途切れることなく着信が続いて、罵倒と無言が繰り返されている状態だった。

今のところ直接店に押しかけてくる人はいないが、お客様に何かあっては大変なので、桜子に電話で了解を取り、臨時休業することになった。

左門や古内《ふるうち》医院の先生方、近所のお店の人々が心配して様子を見に来てくれるのが心強

かった。彼らは澄香を気づかい電話対応の交替を申し出てくれたり、週刊誌に抗議すると言ってくれたが、自分が何とかしなければいけないものだと澄香は責任を感じていた。

　電話口で桜子は驚いていたが、やはりまるで身に覚えがないそうで、彼女の声はちょっと呆れているようにも聞こえた。

「どういうことなのかしらね？　週刊誌にまで載っているのですって？　一体何のつもりでそんなことをなさるのかしら。いいえ大丈夫よ、澄香さん。わたくしのおりおり堂はそんな卑劣な嫌がらせに屈したりはしません」

　毅然と言う桜子に、澄香は止まっていた血流が再び流れ出したような気がした。緊張と混乱、不安と恐怖で生きた心地がしなかったのだ。

「ね、それよりも澄香さん、大丈夫？　あなたに何かあっては大変だわ。お店を閉めてお帰りになってよろしいんですのよ」

　案ずる桜子に澄香は首をふった。

「いえ、でもお店に何かされたりしたら……。私はここに残ります」

　窓ガラスが割られたり、壁に落書きされたり、それどころか火をつけられたりしたらと思うと恐ろしい。何とか店を守らなければと澄香は必死だった。

「でもね澄香さん。お店はどうにでもできますけれど、あなたに何かあっては取り返しがつかないわ。そんなことになってはわたくし、とても生きてはいられないでしょう。です

から、どうか無理をなさらないで頂きたいの」

「オーナー……」

桜子の優しさにへなへなと崩れ落ちそうになる。同時に決然とした桜子の声を頼りに澄香はなけなしの勇気を奮い立たせた。

三時頃、出張先から仁が帰ってきた。虎之介は急用ができたそうで仁一人だ。

「山田。大丈夫か？」

裏口から荷物を置くのもそこそこに走って来たらしい仁の顔を見た瞬間、澄香は泣きそうになり、ぐっと唇を嚙んだ。こんなところで情けない姿を見せるわけにはいかない。

「いやはや、参りましたですね。何がどうなってこんなことになっているのやら。あ。私は大丈夫です。この山田、理不尽な目に遭うのは慣れておりますので。それよりもオーナーからお預かりしているこの店をですね、守らないといけません」

「慣れるなっ。そんなものに慣れるな」

軽い調子で言ったつもりだったのに、仁に怒鳴られびっくりした。怒っているのかと思ったが、仁は痛ましげな顔で澄香を見ている。

仁の大きな手が伸びてきて、澄香の肩を摑んだ。突然の接触にヒッと息を吞む。

明かりを落としているので店内は薄暗い。ＢＧＭも消しているので静かだ。空調の音だけが聞こえていた。

澄香の目を覗き込むようにして何か言いたげに仁が口を開きかける。彼の吐息を感じた。まるでキスでもするような距離だ。

固まる澄香に仁は、はっとしたように手を離し、取り繕《つくろ》うように横を向いた。

「大きな声を出してすまなかった。だが、理不尽なことに慣れているなんて、そんなことを言わないでくれ」

懇願《こんがん》するような仁の声に、なぜ彼がこんなにも過剰な反応をしたのか分からず、澄香は困惑した。

「は、はあ、すみません……。あの、出張料亭の方は大丈夫でしたか？」

そちらにも風評が及ぶのではと思ったが、週刊誌に名前は出なかったから、今日は誰も気づいていないようだったと仁は言う。とりあえず安心した。

仁は店が気になる様子だったが、夜の予約も入っている。すぐに切り替えた様子で仕込みに入り、出かける仕度を調えている。

「山田。一緒に来ないか」

仁が心配そうに訊く。

店を閉めているのだ。同行することもできるし、ここにいるのは正直不安だ。本音ではそうしたかったが、澄香は首をふった。

「いえ、あの、仁さん。不肖、山田。及ばずながら『骨董・おりおり堂』を守れるよう尽

力したいと思います。なので、仁さんは出張料亭を守って下さい」

仁が溜息をつくのが聞こえた。

「分かった。だが無理はするな。何かあったらすぐに連絡しろ。お前に何かあったらそれこそオーナーも俺も後悔《こうかい》してもしきれない」

嬉しかった。たとえ隣の部署の同僚に過ぎなくても、自分の思い人が案じてくれる。それだけで心が震えた。

仁が出かけると、再び店内がしんと静まりかえり孤独と不安が迫ってくる。

澄香のスマホが震えた。見ると、美冬からメッセージが入っている。

一連の騒動を知った彼女から澄香を気づかう内容だった。優しい労《いたわ》りの言葉を嬉しく読んでいた澄香は最後の一文に、はっとした。

『実際にはもちろん違いますが、脅迫《きょうはく》のせいでおりおり堂が所有者と認識される恐れがあります。橘家の男性に害が及ぶ可能性もゼロではないので気をつけてあげて下さい』

そんなバカなと思った。誰が何の目的でこんなことをしているのか分からないが、明らかな冤罪《えんざい》だ。名を騙《かた》られただけで所有者だなんて、いくら何でも理不尽すぎる。一度は打ち消したものの、美冬の言葉が思い出された。

――この祟りというのは主に家を継ぐべき立場の男性に強く作用するらしいんです――

まさか、と思う。だが、あの日以来、精神的不調が悪化した孝は現在、入院中だと聞い

ている。

桜子と孝の入院に加え、降って湧いたような冤罪事件だ。正直なところ、家を継ぐ男性に悪影響が及ぶとすれば孝の不調にも関係あるのではないかと思ったが、よく考えてみれば孝の不調は秋からだ。関係があるわけもないのに何だか胸騒ぎがしてならなかった。

そもそも、そんな呪いだとか祟りだとかあるわけがない。何度もそう言い聞かせたが、万が一にも仁やおりおり堂に害が及んではいけない。

もし、その鏡の中に姫君の念が宿っているのなら、彼女と話をして誤解を解かなければならないと澄香は心に決めた。

でも、柄鏡はどこにあるのだろう。

行方不明の柄鏡さえ見つかれば『骨董・おりおり堂』が潔白であることも証明できるだろう。柄鏡を探そう。どこにあるのか見当もつかなかったが、それを見つけ出して姫君と話をするのが自分にできる唯一のことだと澄香は強く思っていた。


十二月二十五日。仁の誕生日だ。

夕方近く、澄香は静岡から帰ってきた。柄鏡が消えたのは名月館だ。どうしてもそこが気になるので店のことをアミーガに託し訪ねたのだが、開かずの間の文化財はすべて押収され、残っていたのは例のモスグリーンの箱だけだった。

典子に話を聞いたが、そもそも彼らはあの部屋に何がどれだけあったかも把握《はあく》できておらず、柄鏡のことも知らなかった。

ラウルにも話を聞きたかったが連絡先を知らないし、虎之介はラウルと連絡がつかないと彼もまた困惑した様子だ。

収穫のないまま戻ってきたのは、今晩の『出張料亭・おりおり堂』の依頼人とまだ連絡がついていないと仁から聞いたからだ。

予約の時刻は午後六時。作る料理はおろか、訪ねる場所さえ不明のままだ。

「やっぱりキャンセルされるんでしょうか」

「そうだな」

などと会話をしながら一応待機している。

相変わらずネットは炎上中だし、店へのいやがらせは継続中だ。決して逃げたわけではなかったが、アミーガのお陰で今日一日は留守電やメールから離れていられたので少しだけ気分を切り替えることができた気がする。店の様子にもこれといって代わった様子はなく安堵した。

こんな状況でどうかとは思ったが、仁への誕生日のプレゼントとして無香料のハンドクリームとちょっと洒落たハンドタオルを渡した。

同僚への気をつかわせないプレゼントと検索した結果だ。仁は喜んでくれたが、少し寂

しそうにも見えた。

うーん、さすがに安すぎたかな、なんて思っていた時だ。

『骨董・おりおり堂』の格子戸が開いた。休業中ではあるが、心配して訪ねてきてくれる人がいるので施錠《せじょう》はしていない。

迷いなく開いた戸に一瞬身構えたが、現れた人を見て、澄香は息を呑んだ。

美しい女性が立っていたからだ。

仁の恋人、丹羽エリカだった。

そっか、クリスマスだもんねと納得しそうになったところで隣に立つ仁が短く言うのが聞こえた。

「何の用だ」

「あら、ご挨拶ね。予約の時間だから来たんだけど」

「何だと？」

「予約した山田ですわ。名前は偽名よ。どこにでもあるつまらない名前を使ったの」

つまらない名前で悪かったなと澄香は内心毒づいている。というか、全国の山田さんに謝って欲しい。

「一体何のつもりだ」

仁の声は不快そうだ。その顔を見て澄香はびっくりした。可愛い恋人のサプライズと取

れなくもないのに、世にも不愉快そうな表情だったからだ。

　確かに仕事に関して、仁はとても真摯でストイックだ。たとえ恋人だとしても、いや、恋人ならばなおのこと人気の高い日の予約を押さえるのはやめて欲しかったのだろう。

　でも、あれ？　何でだろうと澄香は不思議に思った。山田名義のこの予約が入った時、仁とエリカはまだ出会っていなかったのではなかっただろうか？　首を傾げている澄香に構わずエリカが仁の腕に腕をからめて言う。

「予約は予約でしょう。ちゃんとお金は払うわよ。さあ、行きましょう」

　仁が忌々しげに舌打ちするのが聞こえ、澄香は心臓《しんぞう》が縮み上がりそうになった。

「で？　何の料理を作ればいい？　材料が必要なんだが」

　不機嫌な仁にまるで動じる様子もなく、エリカは美しい顔に妖艶《ようえん》な笑みを浮かべた。

「うふふ。料理なんていらないわ。あなたがいればそれでいいの。さあ、今夜は貸し切りね。お誕生日おめでとう、仁」

　エリカは仁を連れて出て行ってしまった。

　しばらく呆然《ぼうぜん》としていた澄香だが、段々怒りがこみ上げてくる。なんで？　仁さんを貸し切りにしたいと思う気持ちは分かるけど、料理はいらないってどういうこと？　仁さんがどれだけ『出張料亭・おりおり堂』を大切に思っているか分からないの？

　料理は、出張料亭は彼の一番大切なものだ。彼が一番いきいきと輝く時間、彼が呼吸し

やすい場所。ねえ、嘘でしょ？　そんなことも分からないで彼と付き合っているの？

そんな人に仁を渡したくない――。

心の底からにじみ出た思いに心が黒く塗り潰されていくような気がした。

◆

エリカが小菊に拾われたのは小学校一年の時だった。美しいだけの実母は、やはり容姿だけしか取り柄のない男との間にできたエリカをまるで存在しないかのように扱った。

食事も与えられず、顧みられることもなく、エリカはいつもお腹《なか》を空かせ、汚れた服を着て街をさ迷っていた。食べ物を万引きし、走って逃げる。惨《みじ》めだった。誰からも邪険にされるのが当たり前。だが、ある時、醜《みにく》く太り脂《あぶら》ぎった中年男がエリカに目をとめた。

「何だ、汚いガキだと思ったが、よく見りゃ大したタマじゃねえか」

男に襟首《えりくび》を摑まれ、運ばれていく。

もう何でもいいと思っていた。今よりも悪い状況なんてあるはずがないのだから。

その時だ。女の声が聞こえた。

「待ちな。その子は私がもらおう。置いていきなさい」

それが小菊との出会いだ。彼女は男の顔を札束ではたいて黙らせた。

「あんたが私の言う通りにするなら、おいしいものをいくらでもあげよう。きれいな服にふかふかのベッド。どうだ？」

エリカは女の顔を見上げてうなずいた。とてつもなく美しい女だった。当時、五十を超えていたはずだが、彼女は毒のように美しかった。

「ふっ、いい目をしてる。私の駒に相応《ふさわ》しい」

言葉の通り、エリカには贅沢《ぜいたく》な暮らしが与えられた。彼女はエリカに教育を与え、教師をつけてピアノを学ばせた。

小菊は炎のような女だった。橘の当主に近づき、本妻から彼を奪ったのだと武勇伝のように何度も聞かされた。その手練手管を授けてやると様々なことを教え込まれた。

気位高く男をあしらう方法、男を絡め取る方法、駆け引き、何かの拍子《ひょうし》に弱みを見せて相手を惹《ひ》きつける方法、閨房術《けいぼうじゅつ》。彼女はエリカを自分好みの飛び道具に育てようとした。

小菊は橘桜子を憎んでいた。子供を授からないくせに決して離婚に応じようとしない桜子のせいで小菊は欲しくてたまらないその地位につけないからだ。聞くに絶えない言葉で桜子を罵《ののし》り、どうすれば彼女が心を痛めるのか、毎日そればかりを考えていた。

小菊は仁をも疎《うと》んでいた。彼は小菊の血を引いているはずだが、その母親を気に入らなかったのだ。仁は彼の父親が結婚前から付き合っていた外国人の恋人に生ませた子供だ。そこにあったのは純愛ともいうべきもので、仁の父は家を捨てて彼女と一緒になろうとし

ていたらしい。その絆を小菊は許せなかったようだ。真実の愛を知らない小菊には真実の愛を抱く恋人たちが許せなかったのだろう。

エリカは橘の本家に出入りすることを許されなかったが、何度かその大邸宅を見に行ったことがある。

仁と出会ったのは偶然だったが、その瞬間、呼吸を忘れた。こんなに美しい少年がいるのかと思ったのだ。思わずへたり込んだエリカに彼は言った。

「具合が悪いのか？　大丈夫か？」

ぶっきらぼうではあったが、優しさに溢れた声だと思った。

小菊に拾われてから、エリカは自分が美しいことを知っていた。利用価値があればこそ小菊はエリカを飼ったのだ。だが、エリカに与えられるのは、橘との関係を知る者の打算的な親切や、外見に惹かれただけの下心に満ちた賞賛ばかり。エリカ自身が彼らと同じ生き物なのだから当然だったろう。

小学校でもエリカはクラスメートから遠巻きにされていて、友人らしい友人もおらず、こんな風に人から下心もなく優しい声をかけられたことがなかった。

当時小学五年生。エリカはたちまち恋に落ちた。

「小菊様。私、仁が欲しいわ」

小菊はエリカが傍若無人に振る舞うことや、わがままを言うのを好んだ。この言葉は小

菊のお気に召したらしい。

「ああ、いいよ。あんたがうまくやったら仁をくれてやろう」

　エリカは橘孝をさらう手伝いをした。

　結局、孝を静岡の旅館に養子に出す策略は失敗に終わったが、その後、仁は小菊と取引をした。自分が橘から離れることを条件に、今後、孝には手を出すなと言ったのだ。

　仁一人との口約束など小菊は歯牙《しが》にもかけなかっただろうが、後ろには橘家の筆頭執事が控えていて、約束を守らざるを得なかったようだ。だが、小菊は孝を脅威とは見ておらず、こんな約束、痛くも痒《かゆ》くもなかったのだ。

　でも、エリカにはこの上ない好機だった。

　小菊の許可を得、エリカは仁に言った。

「ねえ、あなたは私と結婚するんだよ。私はきっと誰よりも美人になる。嬉しいでしょ？」

「断る」

　即座に言われ、ショックを受けた。あんたの思い通りにならないことなどあってはならないと小菊に叩きこまれている。猛烈に腹を立てるエリカに小菊が助け船を出した。

「仁。あんたは自分の立場が分かってないようだね。断れるわけがないだろう。この子が孝に本当のことを喋っちゃまずいだろ」

「そうよ。あなたが私と結婚するなら私はあなたの味方だよ？　だから何も言わない。け

どもし、いやだって言うなら考えちゃうなあ。孝に何か喋っちゃうかも。あなたは私の奴《ど》隷《れい》よ。逆らえるわけないでしょう」

あははと笑うエリカに仁が眉を顰めた。

彼は子供の戯言《ざれごと》と思っていたようだ。

実際、エリカも一度は諦めたのだ。仁が料理人になり、京都で料亭の後取り娘と結婚することになったからだ。

悲しむエリカに小菊が言った。

「あんな融通《ゆうずう》のきかないバカは放っときな。あんたにはもっと条件のいい男を捜してやるよ」

その頃、小菊は橘とほぼ絶縁に近い状態に陥っていた。橘の実権を握るために弄《ろう》した策がことごとくうまくいかず、暴かれた証拠を突きつけられて、失脚したのだ。

小菊の次の関心はエリカをいかに高く売るかということだった。きっととんでもない大金持ちか、権力を持つ男に嫁がされるだろう。いえ、妻ではなく愛人なのかも知れない。

だが、それが小菊の望みならば仕方がないとエリカは思った。自分は小菊の作り上げた人形なのだ。彼女の思惑《おもわく》に反することは最初からプログラムされていない。仁への思いを抱いたまま、愛してもいない誰かの許《もと》へ行くのだろうと思っていた。

ところが、そんなある日、小菊が急死した。

突然の自由を得て、エリカは戸惑った。自分が何をすればいいのか分からず、どう生きるのか、どこへ向かえばいいのか何も分からない。空っぽだった。

一年もぼんやり過ごしていただろうか。

恐る恐る前へ進む。恐れながら迷いながらも自分の足で少しずつ進めるようになった時、エリカは自分の中に強烈な怒りが渦巻いているのを感じた。小菊に対する怒りだった。恩があるのは確かだが、同時にエリカを支配し続けた女だ。エリカは自分の道を歩むことを許されず、彼女の傀儡《かいらい》として生きてきた。

そして今、身勝手にもエリカを残して死んでしまった。こうなった今、自分に何が残るというのか。復讐《ふくしゅう》しなければいけないとエリカは思った。そうでなければ自分はこれ以上先へ進めないだろう。

かわいそうな小菊様――。エリカは思う。

ついぞ桜子に勝つことができず、橘を手に入れることもできなかった。事実婚状態だった彼女は橘の財産を受け取ることができず、実の息子である当主からも疎まれている。

彼の前に産んだもう一人の娘の子供を後取りにする夢も潰《つい》えた。残念ながらその男は無能すぎたのだ。

今に見てるがいい。私は橘に入り、実権を握る――。小菊に仕込まれた策謀《さくぼう》の手腕を発揮する時が来たのだ。

まずは孝を潰し仁を手に入れる。その上で仁と共に橘に戻ればいい。孝と違って経営には素人同然の仁を名目上の次期総帥《そうすい》に就け、自分がその実権を握る。容易なことだ。

小菊様、それがあなたに対する手向《たむ》けであり、私の復讐――。エリカは小菊に与えられたマンションの豪華な部屋でグランドピアノの前に座り、いつまでも笑っていた。

孝は売られた日々のことを封印しているそうだ。小菊の調査は信用できる。彼女は死の直前まで、執念深く橘へ返り咲く方法を追い求めていたのだ。エリカの計画に利用できそうな情報は山ほどあった。

それにしても、あんなにエリート然として、怖いものなど何もないような顔をしているのに実態はこれ。なんて哀れな男――。

九月の夜、呼び出されたホテルのバーで、皮肉屋《スティンガー》という名のカクテルを飲む気取った男、橘孝。彼に向けて微笑を浮かべながらエリカは内心嘲笑《ちょうしょう》していた。孝はエリカを利用しようとしていたようだが、エリカの方が上手《うわて》なのだ。

お気楽な夫婦のパーティーで出会った後、エリカは既に仁に近づいていたのだから。

「孝にあの時の真相を話したらどうなるのかしらね」

そう言うと、案の定、仁は顔色を失った。

簡単なことだ。孝の精神を人質にすれば仁は何でも言うことを聞く。こうしてエリカは長年の思い人をようやく手に入れたのだ。

だが、エリカには人を愛する方法が分からない。小菊から教えられなかったからだ。結局、小菊がエリカを自分の思うとおりに動く人形として作り上げたのと同じように、エリカは仁を自らの奴隷とした。

何でも言うことを聞く奴隷。面白かった。

『骨董・おりおり堂』のあの女、山田とかいう、これといった取り柄も美貌も持たない凡《ぼん》庸《よう》な女がいる。仁はどうやら彼女のことが好きらしい。それを知りエリカは腹を立てた。なんで仁が、私の恋人の気持ちがあんな女に向けられるわけ？　この奴隷、趣味が悪くて呆れる。山田に対しても腹が立った。あんなゾンビみたいな女がなんて身の程知らずなんだろうと思ったのだ。

今に見てなさい。あんたのちんけな恋心なんか叩き潰してやるんだから。最高の舞台を用意してあげるわ――。そんな風に思いながら、エリカは優美な微笑を浮かべる。

名月館という旅館もまた小菊のおもちゃだった。

小菊は盗品美術品を売り捌くシンジケートで重要な地位にあった。扱う物は並外れて価値の高い国宝や重要文化財だ。そこで目をつけたのが名月館。地域に伝わる御蔭伝説というのを偶然耳にした彼女は息子を亡くした夫人を騙《だま》し、さなぎを作らせ、美術品を買い取るように仕向ける。絶対に捜査の手の及ばない、きわめて安全で利便性の高い保管場所を確保したのだ。伝説に覆われ、閉ざされた部屋に、小菊は邪魔な孝をくれてやった。まさ

しく一石二鳥だったただろう。

名月館の保管庫の秘密を受け継いだのはエリカ一人だ。小菊の生前から代わって采配を振ることも多く、そのやり方はよく分かっていた。売買が成立すれば保管庫から美術品を運び出さなければならない。とはいえ名月館の人間に見咎《みとが》められてもいけなかった。

名月館では古参の仲居頭のタケがこちらの仲間だ。タケは夫人同様、当初は息子のよみがえりを信じていた。それが小菊のでたらめであることに気づいた時にはもう遅かった。散々犯罪に荷担した後なのだ。知らなかったでは済まされない。

数年前、無謀にも小菊に直談判したタケに小菊は傲慢《ごうまん》に言い放った。

「もしこんなことが明るみに出たらどうなるだろうか。あはは、是非見てみたいものね。老舗旅館が崩壊していく様を。さぞかし見応えがあるんでしょう」

脅しなどではない。小菊は本気だった。

「そちら様も無傷では済みますまい」

怒りに身を震わせて言い返したタケに、小菊は不思議そうな顔をした。

「どこに私の関与の証拠があるというの？　破滅するのはあんたらだけだよ」

「私が証言します。すべてお話しして、私も罪を償《つぐな》います。こんなこともう耐えられない」

決然と言うタケを小菊は冷たい笑顔で見下ろし言った。

「無理だよ。腐った部分だけをだるま落としみたいに叩いて、なかったことにできるとでも思うのか？　そんなにうまくにはいかないだろう。上に乗っかった日常もすべて倒れて死ぬよ。あんたはちんけな正義感から恩義ある老舗旅館の崩壊の引き金を引くんだね。それはさぞかし気分のいいことだろう」

タケは黙らされてしまった。

エリカが采配を振るうようになってから、大きな物は配送業者を装って運び出したりもするが、商品についてはマサを使っている。

マサはエリカが拾ってきて使っている雑魚《ざこ》だ。彼もまたエリカの奴隷、何でも言うことを聞く。名月館に出入りをしやすくするために、次女の茂斗子を誘惑《ゆうわく》させた。

とはいえ名月館も時間の問題だった。

これらのカモフラージュが作動している間はいいが、いずれ捜査の手が及ぶかも知れない。

それまでに盗品ルートを処分しなければならなかった。惜しくはない。小菊の負の遺産だからだ。

あの女のコピーにだけはなりたくないとエリカは思っていた。非合法なものに関われば関わるほど、幸せが遠ざかるような気がする。

それこそが小菊様。あなたが身をもって教えてくれたことじゃない？

だから、エリカはこれを機会に盗品ルート、いやそれに連なる顧客《こきゃく》リスト、すべてを切り捨てるつもりだった。後は仁と結婚し、橘家に入り込んでしまえばいいのだ。そこは唯一無二の安全地帯だ。一度逃げ込んでしまえばエリカが罪に問われることはないはずだ。橘の嫁の名誉を守るために、彼らはどんな手を使ってもエリカを守るだろう。

小菊が終生利用した手段だ。エリカもその恩恵にあずかるべきなのだ。

手始めにエリカはR国に脅迫状を送ることにした。差出人は『骨董・おりおり堂』。さらに懇意の記者に情報を流して記事を書かせる。あとは金で雇った雑魚連中を動員してSNSに『骨董・おりおり堂』を糾弾する内容の書き込みをさせる。この程度のことは朝飯前だ。

面白いように『骨董・おりおり堂』は炎上し、窮地《きゅうち》に陥った。

ねえ小菊様。どうかしら？　あなたの嫌いな『骨董・おりおり堂』も潰してやったわ。桜子は入院中だそう。どれほど心を痛めるでしょうね。楽しみだわ。うまくいけばこのまま失意のうちに死んじゃうかも。後は仁を手に入れて橘という安全地帯に逃げ込むだけ。

クリスマスの夜。山田という偽名を使い、『出張料亭・おりおり堂』を借り切る形で仁を自宅へ誘った。

あの山田にはそんなことをする勇気も知恵もないでしょうから。あなたにはできないことを代わりにやってあげるわよというメッセージをこめて、山田の名を使ったのだ。

エリカはマンションのリビングに置いたグランドピアノを奏《かな》でている。夜景の見える部屋、キャンドルの炎が傍らに立つ恋人の姿を浮かび上がらせていた。

リストの『愛の夢』。美しい調べに酔いながら最後の一音を鳴らし、鍵盤から指を離す。

部屋中に音の余韻《よいん》がたゆたっている。

「さあ仁。約束よ。結婚しましょう」

「断る」

即答されてカッと頭に血が上った。

強情な男――。どうしてこの男はこんなにも思い通りにならないのか。腹を立てたエリカは仁の頰を何度も殴打《おうだ》する。それでも仁の瞳がこちらを向くことはなかった。

「呆れたわね。あなた、自分の立場が分かってるの？　あんた、私の奴隷じゃない。逆らえるわけがないでしょう」

仁は無言だ。黒い喜びが胸の奥から湧き上がってくるのを感じ、笑みを浮かべた。

「そう。いいのかしら？　おりおり堂がどうなっても」

「何のことだ？」

「鈍いわね。R国の件、そして名月館の保管庫の話。出所はどこだと思うの？」

ようやく仁がこちらを見た。

「お前か？　あれはすべてお前の仕業なのか」

憎しみに満ちた瞳を向けられ、エリカの胸がちりりと痛む。

「あんたが悪いんだ。あんたが私の言うことを聞かないからみんなの居場所がなくなることになっちゃった。ねえ、仁。おりおり堂を守りたいんでしょ？　言うこと聞くならおりおり堂は助けてあげる」

「それで俺を脅しているつもりか？」

エリカは失笑した。

「バカね、そんなことしないわ。ただね仁。私は小菊様に似て気分屋なの。私の機嫌を取っておいて損はないわよ。あなたにふられたら私、ショックで何をするか分からない。私はね仁、時々自分で自分が分からなくなるの。ちょっとだけいじわるしようと思ってたのに、加減が分からなくて壊してしまう。ね、あなたの大切なおりおり堂やあの人たちをそんな目に遭わせたくはないでしょう？」

話す内に愉快な気分になってきた。エリカの哄笑《こうしょう》に仁が顔を歪めているのを見て、いいざまだと思う。同時に心のどこかが切なげに痛むのをエリカは気のせいだと切り捨てた。

その夜、仁と腕を組んで『骨董・おりおり堂』に戻ると、山田が待っていた。

ああ、みっともない女だとエリカは思う。この女はエリカから仁を取り戻す勇気も甲斐《かい》性《しょう》なく、嫉妬している自分自身さえ認められず必死で自分に言い訳をして、悲しみに気づかないふりをして、目の前の光景をうまく受け入れているつもりなのだ。

それで賢《かしこ》く立ち回ってるつもりなの？　ああ、こんな女、大嫌い。エリカは最上の笑顔を作り彼女に封筒を差し出した。

「私たちの結婚式の招待状よ。お式はお正月明けの十日なの。是非いらして下さいね」

　そう言って仁に微笑みかける。そこにいるのは諦めの色で染まった空っぽの男だった。

構わない。自分は仁を手に入れることに成功したのだから。強張《こわば》った表情で封筒を見つめている山田の顔を見下ろして、エリカは残忍な喜びに浸っていた。


　新年になって山田に会った。厚かましくも仁との初詣《はつもうで》の待ち合わせの場に現れたのだ。

「私たち独身最後の初詣なの。申し訳ないけれど、ご遠慮いただけないかしら」

　冷たく言い放つと、山田は目に見えて狼狽《うろた》えた。挙動不審になって目を泳がせながら、わけの分からない言語を喋り出した。

「う、は……っ。そ、そうですよねー、いやあ、すみません。一つだけ聞いてみたくて現れてしまいました。まったくのお邪魔でしたよね。はは、ホントすみません」

　虫けらを見るようなエリカに怯む様子を見せながらも山田は必死に食らいついてくる。

　柄鏡の行方に関することだった。

「何？　R国から盗まれた鏡の話？　知らないわよ。知るわけないでしょう？　それともあなた、私に何か罪をなすりつけようとでもいうの？　失礼だわ」

「あっあっ、すみません。そんなつもりはなかったんですけど、すみません。ただ、マサ君という人があの鏡に近づいたという目撃情報があったそうで、もしかしてエリカさんだったらご存じなんじゃないかと」

「は？　どういうこと？　私とその方に何か関係があるとでも？　おっしゃる意味が分かりかねますわね。いい加減になさらないと名誉毀損で訴えることになってしまうわ。そうなるとおりおり堂も無傷ではすまないでしょう。そんなことをお望みなんですか？」

さすがに山田もそれ以上の言葉を継げない様子だ。ただ、どこからマサとの関係を嗅ぎ付けたのか？　それとも単に嫌がらせをしているつもりなのか。山田の真意ははかりかねたが、少しばかり気持ち悪さが残った。

マサにあの鏡をすり替えるよう命じたのはエリカだ。R国から盗まれたものであるのは知っている。子供の頃、小菊に拾われた直後にエリカはあれを見ていたからだ。

鏡はしばらく小菊の許にあった。小菊はあれを気に入り、売るのをやめにしたのだ。

「この鏡は幸福を運んでくるんだよ」

そう言って喜んでいたのもつかの間、小菊は鏡を覗き込む度、吐き気を催すようになっていた。最初は単に具合が悪いだけだと思っていたようだが、鏡を覗くと決まって気分が悪くなるのだ。

さすがの小菊も気味が悪くなったようだ。

「何だか鏡が歪んでいるようだ」とか「鏡に拒絶されてるみたいだ」とか言って、小菊は鏡を名月館の保管庫にやってしまった。

　小菊のやることに異議を唱えられるはずもなかったが、エリカは少し残念に思っていた。小菊が鏡を覗く時、鏡の裏に彫られた蝶の彫刻が見えるのだ。エリカは密かにそれを楽しみにしていた。

　以前、似たような蝶の細工の髪飾りを持っていた。ほとんど自分に関心を示すことのなかった実母が何かの気まぐれでくれたものだ。その蝶は片方の翅《はね》がへしゃげており、母はエリカをゴミ箱代わりに与えたのかも知れなかったが、それでも嬉しかった。

「はん、汚いね。あんたはこんな惨めったらしいものとはおさらばするんだよ」

　髪飾りは小菊に取りあげられて捨てられてしまった。

　小菊は知るよしもなかっただろうが、小菊があの鏡を使う度に、エリカはどこか懐かしく実母のことを思い出していたのだ。

　今回、名月館の保管庫に捜査の手が入るのならば、あの鏡だけでも自分の手許に置いておけないかと思い、マサにすり替えさせた。

　Ｒ国への身代金要求に使ったのはほんの思いつきからだった。我ながらいいアイデアだとエリカはほくそ笑む。

　すべてがうまく運んでいた。

一週間後、エリカは仁と結婚する。

「仕方がないので仁との約束は守ってあげましょう。『骨董・おりおり堂』を助けてあげるのよ」とエリカは仁に告げた。これから自分はちゃんと幸せを掴むのだ。彼に恩を売っておいて損はないはずだった。

あの鏡の蝶をもう一度だけ見てみたい。一目見て気が済めばＲ国へ返せばいいのだ。エリカはそう考えていた。

だが――。結婚式の日が近づく中、エリカは苛立《いらだ》ちながら考える。

エリカの許に届くはずの鏡がいつまで経っても来ないのだ。

何度も電話しているのだがマサは出ない。

まさか裏切ったのか？　いえ、そんなバカなことあるはずがない。マサはエリカの奴隷だ。絶対服従を誓《ちか》ったはずなのだ。

今までだってこんなことは一度だってなかった。あの男は一体、どこで何をしているのかと、少し焦りを感じている。

◆

一月四日、澄香は再び静岡にいる。

『骨董・おりおり堂』に対するネット上の書き込みやいやがらせは不思議なことにぴたりと止んでいた。明後日からは通常通り店を再開する予定なのだが、できればその前に柄鏡を見つけたかった。

虎之介経由でラウルにコンタクトを取った結果、マサ君が柄鏡の行方不明に関わっているのではないかという可能性が浮上してきた。だが、マサ君が見つからない。ラウルも探しているようだが、彼を捕まえたという知らせはなかった。

そんな折、エリカが何か知っているのではないかと言い出したのは仁だった。

「どういうことですか？」

何故そう思うのか、問い質したかったが仁は首をふるばかりでそれ以上を語らない。

結局、彼女がどう関わっているのかも分からないまま、それでも澄香はエリカと話をすることに決めた。二人の初詣の待ち合わせ場所にのこのこ登場したのだ。

正直、惨めだった。仁とエリカの姿を見るのは辛い。間もなく二人は結婚するのだ。

どう頑張ってみても自分は道化にしかなれない。それでも澄香は食い下がった。

『骨董・おりおり堂』を、そして、仁を柄鏡の祟りから守るためなのだ。何としても柄鏡を見つけなければならない。ただそれだけを考えていた。

結局、収穫はなく、エリカに嘲笑されて終わった。何となくエリカが関わっているらしいような気はしたが分からない。マサ君の消息も分からなかった。

それでは茂斗子ならば何か知っているのではないかと、本日早朝、東京を発って伊東を訪ねることにしたのだ。

茂斗子はこのお正月、名月館に戻っている。

開かずの間が犯罪に使われていたことを知った彼らは旅館売却を決め、最後に皆でお正月を過ごすことになったのだそうだ。

「マサ君かあ。なんかもういいっていうか」

茂斗子は肩をすくめた。あれ以来、茂斗子もマサ君と連絡がつかないそうだ。

「そうなんですね……」

困り果てる澄香の袖《そで》を引いたのは意外な人物だった。

「え、嘘。未来？」

思いがけない再会に驚く。未来は母親のさわと妹の若菜《わかな》と共に名月館に泊まっているのだそうだ。さわと典子は高校の時に演劇部で共に活躍した仲だという。よく遊びに来ていた名月館が売却される前にと、お正月の間、子供たちを連れて滞在《たいざい》しているらしい。

かつて名月館を訪ねた際、母や典子が話していた御蔭様の伝説を耳にした未来は、あの秋の日に意を決し、公演中だった近くの劇場に書き置きをし、この山にやって来た。

「なんてバカなことをと思ったんですけど、未来の気持ちも分かるので、私には叱ることができなかったんです」

妹や典子の幼い娘まどかと遊んでやっている未来の楽しそうな横顔を見て、さわは小さく溜息をついた。

以前、澄香は劇団所属の若い女性団員あきらから、さわがどれほど素晴らしい女性か聞いたことがある。さわは元は学校の先生だったそうだが、芝居好きが高じて劇団に入り、座長と結婚した。きれいで優《ゆう》雅《が》で芝居もうまく、団員の世話はもちろん、未来や若菜の子育てや勉強も完璧に見ていた。寝る時間もなくて大変だったはずなのに、いつも笑顔ですごい人だというのがあきらのさわ評だった。

そんな話をすると、さわは「ヤダ」と顔を隠すような仕草を見せた。

「あきらちゃん、そんなことを言ってたんですか。恥ずかしいわ、私なんか途中で逃げだしてしまったのに」

本当は未来も連れて出るはずだったのに、座長は頑として譲らなかった。未来は劇団の後取りなので渡すわけにはいかない。出ていくなら未来は置いて行けと言うのだ。

確かに未来の芝居は素人の澄香から見てもうまいし華がある。人気の子役なのだ。彼がいなくては劇団が成り立たないと座長が言うのも分かるのだ。

だが、一月ごとに場所を変え、日本中を旅して回る生活だ。大阪で会った時、小学生である未来は半ば諦めたような言葉を口にしていたが、もし自分の「影」つまり分身がいれば、そちらに劇団を任せて、自分は年相応の生活をしてみたかったのだろう。

「あんまり未来がかわいそうで、夫に話をしたんです」

座長である未来の父は秋に舞台を放棄《ほうき》した彼に激怒したものの、周囲の説得もあり、未来に冬休みを与えたそうだ。久しぶりに母と妹と水入らずで旅行に来たものの、明日にはまた劇団に戻る約束になっているらしい。

もちろん澄香にどうこうできる問題ではないが、何とか方法はないのだろうかと、さわと同じように悩んでしまう。

御蔭伝説が伝説の域を出ないことを知り、もっとショックを受けているのかと思ったが、当の未来はさばさばした様子だった。

「そりゃそうだよな。そんな簡単にもう一人の自分なんて出てこないよ。分かってんだって。たださ、万に一つでもそうなればいいなって思ったところに仁そっくりのカゲオがいたから、信じてみたくなったんだよな」

大人びた風に言う未来に澄香は、微妙な笑顔を浮かべて頷くことしかできずにいる。

「ところでさ」

その未来が澄香に耳打ちしてきた。

「姉ちゃんさ、マサって人を探しに来たんだろ。さっき見た、と思う」

「本当？」

「うん、多分あの人だと思う。モトちゃんと一緒にいたチャラい兄ちゃんだよな。何かこ

そこそしてたんだよ。で、裏口から入ろうとしてたから声をかけたら飛び上がってた」

モトちゃんに用？　と訊くと、マサ君は首をふり、内緒で開かずの間に行きたいと言ったそうだ。

「何か返したい物があるって」

返したい物。それって柄鏡なのでは？　と勢いこむ澄香に未来は困った顔をした。

「あそこにあったものは全部警察にいったらしいよって言ったら、あの人、帰って行ったんだけどさ……」

未来は聞かれてはいけないことのように声を落とし続けた。

「じゃあ御蔭洞穴に行くって言って、場所教えてくれって。俺、教えちゃったんだけど、まずかったかな？」

「え、いや。そんなことないよ。ありがとう助かった」

マサ君がこの近くにいることが分かっただけでも大収穫だ。ならば御蔭洞穴に向かうだけだと思ったが、車がない。あそこまでどうやって行くのかという問題があった。

時刻は昼過ぎだ。徒歩でも洞穴のある場所まで山道を登れば二時間もかからないだろうと思われた。このまま向かってすぐに引き返せば日没までには戻れるだろう。昼食は食べ損ねることになりそうだが仕方がない。

未来によるとマサ君はバイクに乗っていたという。正直、一時間近く前にバイクで出た

人に追いつくとは思えなかったが、恐らく道は一本しかないはずだ。うまくいけば引き返す途中の彼と会えるかも知れなかった。

　ぐねぐねとカーブした道路の端を登っていく。車で来た時にはさほど感じなかったが、さすがに勾配がきつい。ふくらはぎがつりそうだった。

　少しもの悲しい旋律が聞こえる。

『鳥のように山へ逃げよ』

　以前にラウルが歌っていた歌だ。ローヒールの靴で歩く澄香の隣を鼻歌を歌いながらついてくるのは未来だった。

「未来さあ、別に一緒に来てくれなくてもいいんだよ？　道も多分分かるし」

「いや、別にあんたのために行くわけじゃねえし。俺もさ、もう一回、御蔭洞穴に挨拶しとこうかなと思っただけ」

　絶妙に可愛くない言い方だが、正直、未来が一緒に来てくれるのは心強かった。

「でも、いいの？　お母さんや妹さんとぎりぎりまで一緒にいた方がいいでしょ」

「いいんだって別に。生きてりゃいつだって会えるじゃん」

「そっかー」

「鳥のように山へ逃げよか……。俺もカゲオみたく山で暮らそっかなあ」

　未来がひとり言のように言う。

「ええ？　でもそれ、まずは車の免許でもないと大変なんじゃない？」

「ああ、姉ちゃん。今まさにそれを感じてるって感じなわけだね」

「ソウデスネー」

　スムーズに会話しているようだが、澄香の方は息も絶え絶えだった。

「情けねえなあ」などと言う未来に腰の辺りを押してもらい、ぜえぜえ言いながらどうにか足を動かしている。

　洞穴を示す標識が見えてきたが周囲にひとけはなかった。

「結局、誰とも会わなかったね」

　マサ君とすれ違うことはなかったし辺りにバイクも見当たらない。

　草木を踏みしめながら斜面を降りて洞穴へ向かう。勝手知ったるといった様子で未来が洞穴の内部に進み、短い蠟燭を見つけ、岩の上に置かれた先の長いライターを使って器用に火をつけると、祠《ほこら》の前で膝を折った。

　後ろから恐る恐る着いていく。

　相変わらず内部は不気味だ。今日は一月にしては気温が高めで、山を登ってきた澄香はうっすらと汗ばんでいたのだが内部に入ると、その汗がすっと引いた。それでいて、何となく厭《いや》な臭気が籠もっていて、粘《ねば》つくような空気が纏《まと》わり付《つ》いてくるのだ。

　澄香も祠の前で一礼すると内部を見回した。二畳程度の空間だ。ごつごつした岩を穿《うが》っ

てできたものらしく、入口近くに立つ澄香の肩の辺りには巨大な岩盤が張り出している。

押し潰されるような圧迫感があった。

あんまり長居はしたくないなと思いながら周囲を眺めていると、祠の向こうで蠟燭の光を受けて、きらりと何かが光った気がした。未来が立ち上がるのを待って、前へ進む。祠の後ろを覗き込むと青銅の鏡面が見えた。

「あ、嘘。あった！」

投げ捨てられたようで、砂利の上に斜めに刺さるような形で落ちていたのを慌てて拾い上げる。

「え、何それ？　マサ君さん？　返したい物ってそれなんかな。いやいや、返したってか捨ててね？　は？　なんで？」

矢継ぎ早な問いかけに苦笑した。

「うーん。なんでだろう」

当然、未来はこの柄鏡を巡ってR国に対し『骨董・おりおり堂』を騙る何者かからの脅迫がなされたことは知らない。

「ずっと探してたんだよ。見つかって良かった」

これで『骨董・おりおり堂』の潔白を証明できる。安堵する反面、澄香は手の中の柄鏡をずいぶん重く感じていた。

災いは男性にのみ降りかかるというが、祟りの鏡と聞いてしまった以上、やはり怖い。

それでも、こんな風にぞんざいに放り投げられていい品ではなかった。せめてもと、バッグを探り、ハンカチを取り出して柄鏡の汚れを拭《ふ》いていた時だ。足もとの地面がゆらと揺れた気がした。

「えっ？」思わず未来と顔を見合わせる。

スマホが鳴った。不協和音だ。「緊急地震速報」のアラームとほぼ同時にごうっと地鳴りの音が聞こえる。

「うわっ」

その瞬間、突き上げるような揺れに襲われ、澄香は思わずしゃがみこんでしまった。

祠の前に並んでいたジュースや皿、積み上げられていた小石などが次々に落ちて割れる。

「未来っ」

片方の腕で小さな頭を抱えこむようにして、もう片方で自分の頭部を守る。猛烈な揺れに砂煙を立てながら岩のかけらが落ちてくる。

危ない。ここから出ないと——。

そうは思うのだが、揺れがひどくて立っていられなかった。ようやく揺れが収まり、未来を抱えて立ち上がった澄香はぎくりとした。入口の脇、左側に張り出した形の岩盤に大きな亀裂《きれつ》が入っているのが見えたのだ。

奥行き三十センチぐらいのところで天井から下方へ数メートルにわたって亀裂が走り、ぱらぱらと破片が降っている。今にも剥離《はくり》し落ちてきそうだ。

数メートルの岩盤が崩落したら入口が塞がれてしまう。無謀だと思いながらもとっさに岩盤を腕で押さえ、全体重を預けるようにして止めて、未来を外へ向かって押し出す。

「未来、早く外へ出て」

「いや、俺が支える。姉ちゃんが先に行け」

そう言って懸命に背伸びをし、未来の華奢《きゃしゃ》な腕が岩盤に向かって伸ばされる。

「ダメだって。届かないから。早くっ」

「姉ちゃんには未来があんだろ」

「何言ってんの⁉　あんたの方が未来があるに決まってるじゃない」

「どうせ俺は一生劇団から出られないんだよ。姉ちゃんが生きろ」

「何言ってんのよ、バカぁっ」

焦りながら言い合う間にもどんどん圧力が増していて今にも潰されてしまいそうだ。

「未来、早くっ」

澄香は渾身《こんしん》の力をこめて足を踏んばり、右手で岩を押さえながら、残る左手で未来の身体を洞穴の外へ向かって突き飛ばした。

ずずずと音を立てて岩盤が剥がれていく。

自分も逃げなきゃと思ったが、めきめきと裂ける音、大音量の地響きを上げながら澄香をめがけて岩盤が崩れてくる。

岩のかけらだろうか、何かが肩の辺りに当たって澄香はその場に尻餅をついた。お尻の衝撃を感じる暇《ひま》もなく、頭の上から砂埃《すなぼこり》が降り注ぎ、岩肌が迫って来る。

ああ、下敷きになるのか……。

そう思った時だ。

「山田っ」

仁の声が聞こえた気がした。次いで走り込んで来たらしい誰かに頭を抱えられる。

何が起こったのか分からなかった。

「姉ちゃーんっ。仁っ」

遠くで未来が絶叫するのが聞こえる。未来、大丈夫だったかな？　そう思ったのを最後に澄香の意識は途切れた。

気がつくと、澄香は起き上がり柄鏡を覗き込んでいた。青銅製の柄鏡は土埃をかぶっていたが指先で払ってみると傷一つない。

鏡面に自分の顔が映っていた。

さすがに顔からは血の気が引いているが、それ以外はいつも通りの自分の顔だ。

「全然美人じゃない。ただ目があって鼻がある」

それで満足だと思ったし、いつもならここで鏡から目を背けてしまうところだが、鏡は澄香を離そうとしなかった。もちろん鏡を持っているのは澄香の方だ。結構な重量がある。いい加減にどこかに置きたいのに、何故か鏡から目を離すことができなかった。

「来週、仁さんはエリカと結婚するよ。山田澄香、あなたはそれでいいの？」

声が聞こえた。はっとして振り返る。

澄香が支えようとした岩だけではなく、もっと上の方から崩落したのかも知れない。入口に当たる部分は完全に塞がれてしまっていて洞穴の中は真っ暗だ。そうだ。仁さん？　仁さんがいた？　え、嘘でしょ。なんでこんなとこに仁さんがいるの？　手探りで周囲を探ろうとして、澄香は呻《うめ》いた。左の肩をやられているようで動かない。一旦意識をそこへ向けると、ひどい痛みが襲ってきた。

ふと疑問を感じる。洞穴の中は真っ暗なのに、鏡の中に自分の顔が見えるのは何故なのだろう。よく見れば、土埃の中で鏡がわずかに発光しているようだ。周囲にかざして見ると入口は完全に塞がれ、周りはごつごつした岩が積み上がっているのが見て取れた。

「それとも、いさぎよく仁のことは諦めた？」

頭の中に響くのは自分自身の声だ。

鏡の中で戸惑ったような顔が澄香を見上げている。いつも見慣れた自分の顔だ。

「は？　だってしょうがないじゃない。仁さんが選んだのなら仕方ないでしょう？　私は選ばれなかったんだから」

鏡に映る自分の顔がにやりと笑うのを見て、澄香は恐怖を覚える。鏡から目を背けたいのに動くことができなかった。

「いつだってそう。あなたは自分に自信を持てないのよね。かわいそうな澄香。自分の価値なんてまったくないと思ってる。いつも自分をゾンビに見立てて、どうせ自分なんて誰も振り向きはしないとか、自分は幸せになれるはずがないだとか。そんなことばかり言ってるけど、本当は違うよね。あなたはただ予防線を張ってるだけ。失恋しても傷つかないように、真《ま》っ直《す》ぐぶつかるのを避けてるわけ」

澄香は人を愛することの意味をよく分からないまま、中学の時に大きな過ちを犯した。

その時に呪いを受けたのだ。

自分はきっとこの先、誰かを好きになることはないし、他の人と同じように恋をして、結婚して、幸せになる未来なんてないのだと思っていた。恋愛世界の澄香は一度死んで土に埋められたはずなのに、やっぱり誰かを好きになりたくてうろうろしているゾンビだった。ゾンビといっても別に誰かを襲ったり、襲われた人が感染してゾンビになってしまうわけじゃない。だから仲間も増えない。ひとりぼっちの孤独なゾンビだ。

澄香が誰かを好きになっても、その恋は決して実らない。実ってはいけなかった。

「ゾンビの何が悪いのよ？　ゾンビはゾンビらしく静かに身を引こうとしてるんじゃない。それのどこが悪いのよ」

　自分の声に痛いところを突かれて、澄香は言葉に詰まり、やけくそみたいに言い返す。

　鏡に映る自分の顔に向かって語気を荒らげているのだ。傍《はた》から見ればさぞかし滑稽だろうと頭の隅でちらりと思った。

　その瞬間、鏡に何か液体のようなものが落下したように感じた。岩盤に染みこんだ雨水でも落ちて来たのだろうかと思った瞬間、磨き込まれた青銅の鏡面にじわじわと波紋が拡がっていく。

　鏡に映る顔がゆらゆらと揺れ、自分の目や唇が醜く吊り上がっていくのを見て、澄香は悲鳴をあげそうになった。

「お前、お前は本当に気づいていないのか？　目が曇っていないのならば、心を塗り潰されていないのならば分かるはず。この男がエリカとの結婚を喜んでいるのか？」

「そ、それはそうでしょ。あんなにきれいな人だもの。ピアノだってすごく才能があるし。誰だってエリカを選ぶに決まってる」

「仁は本当はエリカなんかじゃなくて自分のことが好きなのに、何かの事情で仕方なく彼女と付き合っているんじゃないかと思っているのだろう」

「違う。そんなこと思ってない」

「エリカなんかよりも自分の方が彼を幸せにできるはずだと思っている。本心でお前は思っている。エリカといる時より自分といる時の方が彼は楽しそうだと思っている」

「思ってない。私なんかゾンビなんだから」

「お前のゾンビは嘘だ。ごまかしているだけだ。死人のフリをしているだけ」

「うるさい、うるさい。あんたなんかに何が分かるのよ。私はゾンビだからゾンビなの」

「お前は私だ。私はゾンビのふりをした人間だ。あの過ちを子供だったからと皆は許したが、私はお前は私をお前を許していない。だからゾンビのふりをして、幸せになってはいけないのだと眠ったように暮らしてきた。しかし、お前は私は人間だ。ゾンビの皮の下、お前の素顔は嫉妬や憎しみに満ちている。エリカが憎い。仁は私のもの。渡したくない」

　自分の声に責め立てられている。猛スピードで追い詰められていくようで苦しい。

「やめて、やめてよ。聞きたくない」

　悲鳴のような澄香の声に、自分の声が被さって聞こえてくる。

「山田澄香、私はお前はお前は私。いつも自分を偽り、人畜無害なゾンビの顔をして、その実、誰よりも醜い嫉妬や怒りを胸に溜め込んでいる。私はお前は絶望的に醜い」

　鏡の中の自分の顔は青ざめ、恨みと怒り、憎悪に満ちた夜叉《やしゃ》のように見える。

　あまりの責め苦に息が苦しくなってごほごほと咳《せき》をする。そういえば周囲には土埃が舞い、まともに話ができる状況ではなかった。鏡の中の夜叉の顔が、にいと笑った。甘く囁

くような声が言う。

「さあここで仁と共に死のう。そうすれば二人の仲は永遠だ。私はお前は仁を誰にも渡さずに済むのだ」

ここで仁と死ぬ？　それは甘美な誘惑だった。ここを出たら来週には仁とエリカの結婚式だ。それならばいっそ、仁と二人ここで死んでしまえばいい。

そうしたら、私はエリカに勝てるだろう。

エリカに勝てる？　ああ、そうだ。自分はずっと負け続けてきた。負け組のゾンビだ。それで良かったのに。恋の炎に身を焼かれ、愛する者の死を望むなんて――。引きずり出された自分の本音に震え戦《おのの》く。

その時だ。樟脳《しょうのう》のような香りを感じた。

頭の芯がすっとクリアになるような爽やかで懐かしいような香り。仁の匂いだった。

「仁さん？　え、本当に仁さん？」

夢を見ていたのかと思った。澄香の手に鏡はない。身体の上に仁が覆い被さるように乗っかっていて身動きができなかった。土埃が舞い上がって、目や喉が痛む。

「じ、仁さん？」

まさか自分の代わりに岩盤の直撃を受けた？　その事実に思い当たって血の気が引いた。揺さぶると、痛みをこらえるような声が聞こえ、仁の身体がわずかに動く。

「山田？　良かった。無事か」

仁が澄香の上から大儀そうに身体をずらすと、また短く呻く。

「仁さんっ？　どこか痛い？」

慌てて周囲を探ると、自分のバッグが手に触れた。スマホを見つけ、電源を入れると周囲が白く浮かび上がる。

「俺は大丈夫だ。それより助けは呼べそうか」

スマホ画面を見直すと圏外だ。洞穴の外には電波が来ているのを確認していた。入口が崩れた岩で塞がれた結果、圏外になってしまったものらしい。仁は横になったまま物憂《ものう》げに岩で塞がれた入口の方に顔を向けた。

「完全に塞がっているか……」

半信半疑のまま澄香は訊く。

「なんで？　仁さんがここに？　私、幻を見ているわけじゃないですよね」

澄香の言葉に仁は苦笑したらしかった。

仁は昨夜からエリカと共に過ごしていた。それは澄香も知っている。そのことを考えると、先ほどの夢？　で鏡の中の自分との対話が思い出され、喉の奥に何かが引っかかったようで苦しくなった。

今朝、仁は虎之介から電話を受け、澄香が一人で静岡に向かったと訊いてエリカを振り

切り追いかけて来てくれたのだそうだ。

「う、う……。私などのためにすみません。折角エリカさんとのデートだったのに」

「山田はおりおり堂のために柄鏡を探してくれているんだろ？」

切れ切れに囁くような声で言われ、分かってくれていたのかと嬉しい反面、段々弱々しくなっていく仁の声に不安が募っていく。

「一人で無茶をしないでくれ、頼むから」

仁の言葉に、エリカなんかより自分の方が彼を幸せにできると思っているのだろう、と隠してきた心の底を突きつけられた先ほどの声が再び聞こえた気がした。

澄香はつとめて明るく、無神経を装い言う。

「それにしてもびっくりしましたよね。まさかこんな大きな地震が起こるなんて」

「ああ。未来は無事だろうか？」

地震の被害状況が心配でスマホを見るが当然繋がらない。ここへ来る途中で聞いたが、未来は携帯電話を持っていなかった。万が一にも未来とはぐれないように気をつけていたのに、こんなことになってしまったのだ。

未来はもう一度、御蔭さまを拝んで帰ると言っていたが、澄香を心配して一緒に来てくれたのだと思う。山を降りるといっても途中で道路の破損や土砂崩れが起こっていないとも限らない。未来一人で大丈夫だろうか、怪我《けが》なんかしていないだろうかと心配になる。

だが、どうやら仁は別のことを考えているようだった。

「携帯を持ってないとすると、ヤツが麓《ふもと》まで降りて助けを求めてくれるのが一番早いな」

東京の被害状況も分からないのだ。仮に虎之介がこちらを心配できる状況だったとしても、災害時に電話が繋がらないからといって直ちに遭難《そうなん》に結びつくものではない。携帯が使えない以上、ここで澄香たちが閉じ込められているのを知るのは未来だけなのだ。

とはいえ、狭い洞穴の中、仁と二人きりだ。

まして彼は澄香を助けるために崩落する洞穴の中に飛び込んできてくれたのだ。澄香は密かにこの状況を喜んでいた。

少しでもバッテリーを長持ちさせるためにスマホのライトは消している。

暗闇の中、色んな話をした。

仁がいた日々、不在の時間。月日は巡り、色んな事件が起きて、色んな人と出会った。

思えば最初から、ずっと澄香は仁のことが好きだった。けれど、もうすぐ仁はエリカのものになってしまう……。こんなにも近くにいるのに、手を伸ばすことはできないのだ。

そう思った時だ。不意に仁が言った。

「来年のお正月、無事にみんなが揃って以前のようにお節《せち》やかぶら蒸し、おでんを作って食べたいと思っている。山田もそこにいるだろう？」

「え？　は、はあ……」

『骨董・おりおり堂』というか、桜子と仁は元日の朝にはお雑煮《ぞうに》を、午後にお節とかぶら蒸しを食べるならわしがあった。

そして三日にはおでんを食べるのだ。

今年は桜子が入院しているし、R国の騒ぎもあった。お正月を祝うような気分ではなかったし、そもそも仁がエリカによって独占されてしまい、彼はお正月をおりおり堂で過ごしていないのだ。

「そうですね。この山田、『骨董・おりおり堂』の責任者として精進し続け、何とかクビにならないよう勤めたいと思います」

「そういう意味じゃないんだが……」

仁が苦笑する。

「初詣に行った時、おばあさまの着物を着ていただろう？　きれいだったな」

嘘でしょ仁さん、と澄香は思った。それは私のことなのか？　そんなバカなと首をふる。

「いやぁ、私なんかエリカさんの足もとにも及びませんよ。ははは」

笑い声が虚《むな》しく岩の間にこだましている。

その時だった。

「すまない山田」

切羽詰まった声で言われ、びっくりした。

「え、なんで謝るんです？」

「俺の判断ミスだ。とっさに中に入ってしまったが、外で助けを呼ぶべきだった」

「で、でももし仁さんが来てくれなかったら、私は岩の下敷きになってたかも……」

　そこまで考えて、あっと思った。

　澄香はまともに岩盤の下敷きになりかけていたのだ。それを庇った仁が本当に無傷で済んでいるのだろうかと疑問に感じた。

　それに、と澄香は思う。理由の分からない不安が腹の中で大きくなっている。その正体をたぐり寄せた時、はっとした。先ほどからやけに息が苦しいと感じていた。ズキズキと頭が痛む。まさか酸欠？　思った言葉を口にするのは憚《はばか》られたが、どうやら確実に洞穴の中の酸素が薄くなってきているようだった。

「山田、よく聞いてくれ。外との連絡は絶望的だ。未来が助けを呼んで戻ってくれるのを、信じて待つしかないだろう。酸素は……一人ならその分、長く持つはずだ」

　な、何？　一人ってどういう意味？

　苦しげな息の下から絞《しぼ》り出すような仁の言葉に、澄香は焦って彼の身体を探した。

　ようやく探り当てると同時に、そういえば、どうして彼はずっと横になっているのだろうと不思議に思う。

「なあ山田。お前と過ごした日々は本当に、楽しかった」

「ちょ、ちょっと仁さん。やめて下さい、別れの挨拶じゃないんだから。やだなあもう」

そう言う自分の声が震えていて、澄香は叫びそうになるのを必死でこらえている。

「仁さん？　仁さん？　仁さんっ⁉」

仁の身体を揺するが反応がなかった。慌ててスマホの電源を入れて改めて仁を見る。額に汗が浮かんでいる。頬に触れると、ひどく冷たく感じられ泣きそうになった。

必死に名を呼びながら身体をさすり、脈を確認する。涙がぼろぼろ流れて落ちた。泣いたら余計に酸素がなくなりそうだ。無理に抑えると、ふえっと変な声が出る。

一瞬、ほんの一瞬、このままここで終わろうかと思った。鏡に映った自分自身の言葉が脳裏に甦《よみがえ》る。ここで一緒に死ねば、永遠に彼は自分のものだ。澄香も肩口の怪我から出血している。そのせいなのか酸素が乏しいせいなのか、油断すると意識が薄れていく。

ダメだ。絶対に仁を死なせない――。

頭の痛みが増し、自分の鼓動がうるさい。次第に浅くなる呼吸に、ぜえぜえ言いながら澄香は入口の方へ向かい這っていく。

瓦礫《がれき》をかき分け、大きな石のかたまりを持ち上げ、どける。肩の傷がズキンと痛み、取り落としそうになるのをこらえる。

仁の右足が瓦礫に埋もれているのを見て、血の気が引いた。掘り返すようにして大小の石や岩をどけて、仁の足を見つけて撫でる。

あんなことを言わなければ良かった。たとえ一瞬でも仁と一緒にここで死ねたらなんて思わなければ良かった。

私はやっぱり仁さんが好きだ——。

改めて分かった。最初は彼のイケメンぶりに無邪気に恋をした。でも、今は違う。料理に対する彼の真剣な姿、桜子や孝、左門や周囲の人々を思う彼の優しさ、言葉は少ないけれどいつも真っ直ぐ澄香を見てくれていたまなざし。何もかもが愛おしかった。

それだけではない。

仁と出会う以前の澄香は確かにゾンビだった。自分に自信がなくて、周囲から浮かないように、皆と同じような服を着て、同じようなものを持ち、同じように婚活をしてみんなの真似をしていた。そのゾンビを日の当たる場所に連れ出し、自信を与えてくれたのは仁だ。今、『骨董・おりおり堂』の責任者として立てているのは桜子や周囲の人たちの支えがあってこそだけど、それ以前に仁が澄香を信頼してくれていたからなのだ。

仁といると、心に温かいものが湧いてきて、ぽかぽかと幸せな気分になる。冬の寒い日に凍《い》てついた心と身体をほんわりとあたためてくれる洋風おでんや、よく煮えた湯豆腐《ゆどうふ》みたいなあたたかさをくれる。

かけがえのない人なのだ。たとえエリカと結婚して手の届かない存在になってしまっても、仁が仁でなくなるわけではない。自分が愛したこの人を、このやさしい人を、自分の

エゴで死なせてしまうなんて絶対にダメだ。

自分の恋が叶わないのなら、ただ、近くで彼のあたたかさを感じていたい。それだけで十分だと思った。

必死に瓦礫をどける両手の指が裂け、血が噴き出した。痛い。苦しい。でも絶対に手を止めない。澄香は歯を食いしばり、岩や砂礫にまみれながら這っていった。

両腕を広げたくらいの大きさの岩盤がいくつも入口を塞いでいるのを見て、気が遠くなりそうだった。

時間がない。急がなければ仁の命が消えてしまう。焦りで胃の辺りがぎゅっと痛む。

「誰かあ、誰か助けてー」

声を限りに叫ぶと、砂埃を吸い込んで激しく咳《せ》き込《こ》んでしまった。こんなことをしても無《む》駄《だ》ではないかと思いながらもそうせずにはいられなかった。

自分はどうなっても良かった。たとえ腕を失っても、このまま死んでしまっても構わない。ただ仁を、この人を助けて欲しい。

誰か、誰か、お願い――。澄香はぼろぼろ涙をこぼしながら、どんなに力をこめてもびくともしない大岩を必死で押し続けていた。

◆

気がついた時、澄香は見知らぬ場所のベッドに寝かされていた。慌てて起き上がろうとして全身の激しい痛みに呻く。

気づいた看護師の女性が走り寄ってきた。

「急に起き上がらないで。もう大丈夫、大丈夫ですから安心して下さいね」

救急外来に運ばれたらしい。

徐々に記憶が甦ってくる。

「仁さん……。あの、私と一緒にいた人は？」

「一緒に救助された男性？　彼は今、検査中なんですよ。でも大丈夫、ここへ着いた時、意識は戻っていましたから」

全身の力が抜けた。

「良かった……。もうダメかと思った」

安心したら涙が出てきた。鼻水をずるずるいわせながら誰にか分からないまま感謝を捧げる。地震は震度四程度。さほどの被害もなく、病院を訪れる怪我人はわずかだったそうだ。事情聴取に来た警察官に聞いたところによれば、あの洞穴の崩落が最大の被害だった

ということだ。

「長い間に雨水や何かの侵蝕《しんしょく》が進んでいたんですかねえ。市の点検でも特に危険な箇所とはされてなかったみたいなんだけど」と言い、中年の制服警官は不思議そうだった。

枕元に置かれたカゴの中にビニール袋に入った荷物が置かれている。泥にまみれた澄香のバッグとスマホ。その下に何かあるのに気づいて、首を傾げる。

何だろうとバッグをどけて、あっと思った。例の柄鏡だ。

「あなたがこれを握りしめてるもので、引き剝がすのにドクターや看護師、三人がかりだったのよ」

笑いながら言われ澄香は恐縮したが、不思議な話だった。あの時、澄香は瓦礫をどけるのに必死で、柄鏡を顧みる余裕なんてなかったはずだからだ。

肩や手の傷は手当てが終わっており、レントゲンも見せてもらったが骨は折れておらず、打撲と裂傷《れっしょう》のみで大したことはなかった。ただめちゃくちゃな力を使ったことで全身筋肉痛みたいになっているらしい。よろよろと歩いて廊下の待合椅子《いす》にどうにか座り、これからのことを考えていると、ＭＲＩ室の扉が開き、看護師がストレッチャーを押して出てきた。

「仁さんっ」

痛みを忘れて駆け寄る澄香に仁がぱっちりと目を開け、こちらを見た。

顔色もかなり戻っているようだ。

ああ、仁さん。生きててくれた。良かった。本当に良かった。もうそれだけでいい。もう私は、これで一生分の幸運を使い果たしたのだって構わないと思った。

胸が一杯で言葉も出ない。涙と鼻水で顔中が大変なことになっている自覚はあったが、そんなことさえどうでも良かった。

仁の手が弱々しく持ち上がる。

澄香は飛びつくように握りしめた。

縋りついて泣く度胸もなく、うわあんとみっともなく声をあげて泣く澄香を宥《なだ》めるように、仁が微笑む。

「はいはい。続きは後で病室の方でやって下さいね」

呆れ顔の看護師に言われ、澄香は「すびばせん」と飛びすさる。検査の結果、仁の脳に深刻なダメージは見られず、脳震盪《のうしんとう》を起こしたのだろうという診断だった。頭の傷は縫合《ほうごう》済み。足も打撲で済んだらしく骨に異常はないそうだ。ただ打った場所が頭なので念のため二、三日入院することになった。

病院のコンビニで入院に必要なものを買っていると、すぐ近くで消防団員の人が数人立ったまま話をしているのが目に入った。

澄香たちが助かったのは救助が早かったからだ。新年の挨拶のために集まっていた消防

団員が洞穴の異常に気づいて向かっていたところ、山道の途中で未来と行き合ったそうだ。澄香たちが閉じ込められていることを未来から聞いた彼らはすぐに重機を手配し救助に駆けつけてくれたらしかった。

改めてお礼を言おうと声をかけると、彼らはどよめき、無事を喜んでくれた。

しかし、少し様子がおかしい。

「ああ、そうだよ。小学三年、男子。茶髪で長めの髪、服装は、と、ちょっと待って」

電話がかかってきて後ろを向いて喋る年嵩《としかさ》の男性の声が切迫している。手前にいた若い団員が気遣《きづか》わしげに澄香に訊ねた。

「あの時、急を知らせてくれた男の子、お姉さんの知り合いですか？」

いやな予感がする。

「あ、はい。そうですけど、あの、何か？」

答える間もなく、別の消防団員の男性が息を切らせてこちらへ走ってきた。

「何？　あの子がいないの？」

「そうなんだよ。このお姉さんたちの救出までは飯田《いいだ》さんが見てたって。喜んでハイタッチして、ありがとうって言ってたとこまでは分かってるんだよ」

「その後が分かんねえのか？　ええっ。そりゃまずいなあ。道踏み外しでもしたんかな」

澄香は血の気が引くのを感じた。

「まさかそれ未来の話ですか？　私たちのことを連絡してくれた男の子なんですけど」

「ああ、そうなんですよ。その子、あなた方の救助の後で姿が見えなくなって、今、家族の人から警察に連絡があってですね。私らにも捜索の要請が来てるんです」

未来が？　どうして？　澄香は仁のために買った荷物を看護師に託し、事情を説明すると、彼らと共に外に飛び出した。

山の近くまで車に乗せてもらい、降りると典子とさわの姿があった。

二人は澄香が洞穴の崩落に巻き込まれたことを知っており、無事を喜んでくれた。

だが未来が遭難したのは澄香のせいだ。

「申し訳ありません。私が洞穴に行くと言ったので未来君は一緒に来てくれたんです」

申し訳なくてどうしていいか分からない。泣きながら頭を下げる澄香を慌てて押しとどめ、さわは首をふった。

「あ。いいえ、違うの。あなたのせいじゃないんです。あの子、書き置きを残してたの。探さないでって……。なんでもう、こんな。こんなことするぐらいなら、どうしてイヤだって、劇団に帰りたくないって言ってくれれば良かったのに」

顔を覆うさわに澄香はかける言葉が見つからなかった。

既に日没から三時間が経過し、この日の捜索は終了した。

山の気温は氷点下にまで下がっている。

崩れていく岩盤に必死に手を伸ばしながら、『どうせ俺は一生劇団から出られないんだよ。姉ちゃんが生きろ』と未来は言った。

その前には山で暮らそうかなどと冗談めかして呟いていたのだ。彼の異変に自分が気づいていれば、もっと何かできたのではないかと澄香は自分を責め続けていた。

夜中の三時過ぎ、公演先の岡山から劇団紙吹雪の座長が駆けつけてきた。彼は舞台化《げ》粧《しょう》のまま、衣装の上にコートを着ている。

捜索は早朝から再開される予定で、皆が名月館に戻ってきている。名月館の車寄せに大きなテントが張られ、そこが捜索本部となっているのだ。

座長はさわに向かって「おまえがついていながらどういてこがな」と詰《なじ》り、典子に止められている。

「今、そんなこと言ってる場合ではねえ。おめさだって毎日未来を見てたはずだ。だども、あの子がここまで思い詰めてることに気づいてねがった。それとも気づきながら見て見ぬふりしてただか?」

「そんなこと言うたかて、しょうがないやろが。あいつはうちの劇団に必要なんやき」

誰にともなくそう言って打ちのめされたように名月館の玄関のソファに座り込む。

「未来。アホが。そこまで思い詰めてたんか」

頭を抱える彼の姿がとても小さく見えた。

「澄香さん、もう休んで下さい。怪我されてるんでしょう」

さわに声をかけられ、澄香はまたしても泣きそうになった。澄香がさわの立場ならもっと取り乱しているだろう。きっと他人を思いやる余裕なんてないはずだ。血の気の失せた瓜実顔《うりざねがお》で無理に微笑む彼女を見ていると、後悔ばかりが押し寄せてくる。

結局、澄香も名月館の玄関ソファで毛布を借りて蹲っている。服は泥だらけだし、肩の怪我のせいで熱が上がってきたようだ。

さわと座長は声を落としてずっと話をしている。彼らの声を聞くともなしに聞きながら、何度かうとうととしたが、結局眠れないまま朝を迎えた。

さわや典子、もちろん澄香も捜索に加わるつもりだったが、不案内な山道で二次災害が起きては余計に迷惑だと警察の人に言われ、皆、名月館に残った。捜索してくれる人たちのため、澄香は傷口に絆創膏《ばんそうこう》を貼って炊き出しを手伝っている。

座長は朝早く、岡山《おかやま》に戻っていった。

「旦那さん、それはあんまりですだ。せめて今日ぐらい公演を休むわけにいかねえだか」

典子が止めたが、座長は首を振るばかりだ。

「典子、いいのよ。そういう仕事なの、分かってるから。私が残るよ」

「すまん。後を頼む」

後ろ髪を引かれる様子で山の方を振り返りつつ、座長は運転席に座り車を発進させてい

った。

入院中の仁のことも気になる。仁の携帯に電話をしてみると、既に未来の行方不明を知っていて、退院の許可が下り次第、そちらへ向かうと言う。結局、未来の話をしただけだが、仁の少しけだるげながらも元気そうな声を聞いただけで涙が出るほど嬉しかった。

澄香はふうと息を吐いた。どうも昨日から感情のコントロールが上手くいかないようだ。嬉しいと思った瞬間、未来のことが重く心にのしかかってきて、どうしようもなく沈んだ気分になる。あの時、洞穴の中で澄香は仁の命を助けてくれるよう必死に願った。もしかすると、例の柄鏡が願いを聞き届けてくれたのではないかと思っていた。

もしそうならば、未来をも助けて欲しいと祈っている。

虫が良すぎるかも知れないが、それでも未来の無事を願わずにはいられなかった。

十時頃、突然旅館の外がざわつき、澄香は弾《はじ》かれるように外に走り出た。

そこに未来がいた。

「未来っ」

しゃがみこんで抱きしめようとしたさわが突然動きを止めて立ち上がり、唇を噛んで、未来を見下ろす。未来もまたさわを見上げている。バシッと大きな音がして澄香は思わず身を竦めた。さわが未来の頬をぶったのだ。

「未来、あんた自分が一体何をしたか分かってるの？　どれだけの方々が探して下さった

と思うの？　どれだけみんなに心配かけたと思ってるの？　皆さんに謝りなさい」

　さわは未来の頭をぐっと押さえつけるようにして下げさせた。

「ああ、お母さん。怒らないであげて下さい。未来君、人を救助したんです」

「えっ？」

　警察官の話はこうだった。未来は澄香たちの救助を見届けた後、下山の途中でガードレールを突き破り、落ちそうになっている大型バイクと傍に倒れている人を見つけた。運転手は気を失っているようで動かない。バイクは前輪を突き出した形で止まっていた。

　はるか下に川が流れる急斜面だ。ごつごつした大きな岩が転がっている。ゆらりゆらりとバイクは絶妙なバランスで停止しているが、少しでも均衡が破れたら真っ逆さまに落ちてしまうだろう。よく見ると、運転手のズボンがタイヤのホイールに巻き込まれていて、もしバイクが落下すると彼も一緒に落ちてしまうかと思われた。

　未来は運転手のジャケットの裾を摑み、バイクから足を抜かせようと引っ張るが、未来の力ではびくともしない。バイクの均衡もいつまで持つのか危うい中で、未来は一晩中彼が落ちないように支えていたのだそうだ。

「いや、本当に辛抱強い。大した子だ」

　そう言った警察官にわしゃわしゃと頭を撫でられ、未来は迷惑そうな顔をしている。

　しかし、話はこれだけではなかった。

朝の光を受けて息を吹き返した運転手の男は状況を見て取ると、悲鳴をあげて起き上がり、足を巻き込まれたまま裾を引き抜くとバイクをバックさせた。弾みで転倒した未来の姿に何を勘違いしたのか、男は自分が轢《ひ》いてしまったと思い込んだらしい。彼は未来を崖下に向けて突き飛ばすと、猛スピードでバイクを発進させ、その場を後にしたのだそうだ。

「何なのそれ、ひどすぎる」

憤慨《ふんがい》する澄香や典子に対し、さわは声も出ない様子でその場にへたりこんでしまった。

幸いにも途中の樹木がクッションになり、未来は崖の中腹でひっかかった。彼が特別身軽だったことも良かったのだろう。疲れ果てて木の枝の上で眠り込んでいるところを捜索中の人たちに発見されたのだ。

未来には怪我らしい怪我もなく、ただただあくびをしている。

「大物になるぞ、坊主」などと大人たちが笑うのを見て、やはり未来は迷惑そうだった。

犯人は地震に驚いて転倒、肋骨と左足を骨折していたらしい。病院で手当てを受けたのち殺人未遂で逮捕された。

「ね、未来。それってもしかして……」

小声で訊いた澄香に未来が頷く。

「そう。マサ君さんだった。あの人やべえよ。起きた途端に呪いが、祟りがって、ずっとぶつぶつ言ってた」

のちに警察の事情聴取に対し、マサ君はこう供述したそうだ。柄鏡をすり替えて持ち逃げしたのはいいが、毎晩夢枕に夜叉のような女の顔が現れ、「妾を元の場所に返せ」と迫る。

我慢していたが、ビルの工事現場から工具が降って来たり、駅のホームから足を滑らせそうになったり、と異常なことばかり起きる。ついに怖くなって名月館に返しに来たが、それも叶わず、御蔭洞穴に投げ込んで立ち去ったらしい。

御蔭洞穴を選んだ理由は何となく祟りを鎮めてくれそうな場所だからだったそうだ。

◆

一月十日。エリカはチャペルの控え室にいた。緑に囲まれた、ガラス張りのチャペルには自然光が降り注ぎ、きらきらと輝いて今日の佳《よ》き日を祝福しているようだ。

幸せだった。新郎は結婚式を前に怪我をし足を引きずっていた。エリカを振り切って伊東の例の旅館に行ったところで地震に遭ったのだ。ばちが当たったのよ、私をないがしろにしたりするから——。彼が自分に逆らったせいで危険な目に遭ったことにエリカはザマを見ろと溜飲《りゅういん》を下げた。足を引きずり、頭には包帯。無様な姿だ。腹立たしいが頭の包帯は外させたし、ちゃんとこの日に間に合うように退院してここへ来ているのだ。許して

やることにする。

ようやくこの日を迎えることができたのだ。今日のエリカはすこぶる機嫌がいい。美しく結い上げた髪、輝くような白い肌に長い睫毛《まつげ》が影を落とす。磨き上げたデコルテを縁取る白のレース。目の前の姿見には溜息が出るほど美しい花嫁が映っている。

「何てお美しいんでしょう。花婿様きっと言葉も出ないですよ」

お世辞《せじ》ではなく、心底ほれぼれした様子でそう言ってメイク係が下がっていった。

「お届けものでございます」

黒いスーツにピンクのスカーフを巻いた係員が宅配便の箱を運び入れてきた。

「あら、どなたから？」

本当は訊かずとも分かっている。マサだ。ようやく連絡のついたあの男は大量の言い訳と共に鏡を送るという内容のメールを寄越してきたのだ。梱包《こんぽう》を解くと、緩衝材《かんしょうざい》の中から柄鏡が現れた。間違いない。あれほどまでに焦がれた蝶が彫られている。

「ふふ……。小菊様、ご覧になって？　悔しいでしょう。最後まであなたが手に入れられなかった橘の正妻の座もこの鏡も私のもの」

うっとりと鏡面を覗き込んだエリカは唐突に不快な気分を覚え、思わず鏡を取り落とした。緋色《ひいろ》のカーペットにドレスの裾が拡がっている。鏡はどんどんと鈍い音を立ててレースの上に落ちた。係員がエリカを案じ、慌てて走り寄ってくる。大丈夫だと制し、一人にして

くれるよう頼んだ上で改めて鏡と向き合う。

「何これ……」

鏡面に歪みがあるのか、エリカの美しい顔が醜く皺の寄った猿《さる》のように見えた。意地悪く吊り上がった目に、にやにやと下卑《げび》た笑いを浮かべる唇。奇怪で醜悪な老婆《ろうば》の形相だ。

誰なのこの女は？　とんだ不良品だ。小菊が遠ざけた理由も分かろうというものだ。

「まあいい。私は蝶を見たかっただけだもの」

そう言って鏡の裏を眺める。夢にまで見た懐かしい蝶の姿を見ていると、これまでのできごとが思い出され、エリカは感傷的な気分になった。エリカの生い立ちを不幸だと言うのは簡単だ。時に同情めいた目を向けてくる人間もいる。たとえば橘桜子。

お前に私の何が分かる？　何不自由なく生きて来た人間からすればエリカの生き様は壮絶だろう。だから何？　こうして私は欲しいものを自力で手に入れるだけの力を持っている。かつて同情した幼い子供が長じてお前の人生に食い込み蝕んでいくのだ。さぞかし厭な気分がすることだろう。

ほの暗い喜びに呼応するように何かが目の端でちらちらと動いていた。

おやと気づいて目を上げる。

天井のシャンデリアの光を反射して、控え室の壁に蝶の影が浮かんでいた。

何故なのか、その影が恐ろしく不吉な兆《きざ》しのように思えて、エリカは身震いした。

大丈夫よエリカと、自分に言い聞かせる。闇の世界から抜け出して私は光の中へ歩んで行くのだから――。

扉が開くと眩《まばゆ》い光に包まれた幸せの光景が拡がっている。白い花で飾られた席の真ん中にバージンロードが伸びている。神父の待つ祭壇へ夫となる仁と腕を組み歩んでいく。

参列者はまばらだ。中高年の男女、若い男。エキストラ派遣会社から雇った人間たちだ。今はまだ橘の家の人間を呼ぶ段階ではない。二人だけの結婚式でも良かったが、山田澄香には招待状を渡している。観客がいた方が山田のためになるだろうと思った。客観的な視線によって、彼女は自分の惨めな姿を再認識できるだろう。エリカの親切心なのだ。

エリカは参列者たちの方にちらりと目をやった。皆一様にエリカの美しさに驚いている様子だ。だが、その中に山田の姿はなかった。

なんだ、と少し落胆するが、予想できたことではあった。山田は蛆虫のような女だ。自信なさげなくせに、仁の隣をちゃっかり陣取《じんど》る厚かましさに虫酸が走る。

仁との結婚式を見せつけることで、あの蛆虫を思い切らせてやろうと思っていた。これもエリカの親切心なのだが、しょせん意気地のないゾンビ女だ。現実から目を逸《そ》らして逃げ続けているのだろう。

白タキシードを着た仁は傷を隠した髪をきちんと撫でつけている。緊張からかその表情は硬いが、それが彼の精悍《せいかん》さを際立たせ、セクシーだった。

私の夫は神々しいまでに美しい。

係の女性たちがみなうっとりと仁を見ていたのを知っている。

誰にも渡すものですか。私だけのもの――。

神父の前に立ち、微笑んで仁を見上げる。

その時だ。背後でバンッと扉の開く音がして、驚いて振り返った。

「その結婚、待ったー」

柔らかな光の降り注ぐ、ガラス張りの高い天井。神聖なチャペルに場違いな蛮声《ばんせい》が轟《とどろ》く。

靴音高くこちらに走ってくる女と目が合い、エリカは思い切り顔を顰めた。

「何ですの、不作法な。恥を知りなさい」

毅然としたエリカの一喝《いっかつ》にも怯むことなく、女は走り寄って来た。山田だった。勢い余って仁を突き飛ばすようにして腕を掴む。どう見ても暴漢《ぼうかん》だ。

「じ、仁さんは、わ、渡しませんっ。返してもらいます」

顔を真っ赤にして涙目《なみだめ》になりながら宣言しているつもりらしいが、その表情は不細工すぎるし、言っていることもあまりに幼い。

「は？　あなた、何をおっしゃってるの？　お気の毒に妄想《もうそう》が高じておかしくなってしまわれたのね。勘違いなさらないで、この人は私の夫よ。どうぞお引き取り下さいな」

かわいそうなストーカー女に同情するように優しげな声で言いながら、エリカは山田を

睨みつけている。

　山田はエリカの気迫に一瞬怯んだ様子だったが、ぐっと唇を噛んで真っ直ぐこちらに向き直り、仁を背後に庇うような仕草さえ見せた。

　式場スタッフはおろおろして顔を見合わせるばかりで動こうともしない。神聖な結婚式に闖入者《ちんにゅうしゃ》を許し、追い出すこともしない連中にエリカは怒りを覚える。

「いい加減になさって。警察を呼びますよ。今ならまだ間に合うわ。いくら失恋したからってヤケになって前科者になるだなんて、あまりにもかわいそう。私だってせっかくの晴れの日にケチがつくのはいやなのよ。ほら、仁だって困っているでしょう。ひどい男ね。いつまでも山田さんなんかにいい顔をして、変に優しくするから悪いのよ。ねえ、山田さん、ごめんなさいね。彼は優しいの。でも、それはあなたを愛しているからではないわ。隣人への思いやりですの。いい加減に聞き分けて下さらないかしら」

「もういい」

　そう言ったのは仁だった。山田を押しやるようにしてエリカの前に立つ。

　ふふ、さすが仁。物わかりのいいこと。自分の立場をわきまえているのね。賢明《けんめい》なこと。

　そう。あなたはいつだって弟や桜子のために私の言うことを聞く。素敵な奴隷。これからも従順に私の言いつけに従い橋に戻り、いずれ総帥となって権力を手にし、私を楽しませ続けてくれることでしょう——。

山田に帰るよう仁が言うのを待つエリカの耳に届いたのは予想外の言葉だった。

仁はエリカに向かって言ったのだ。

「もうやめにしよう。俺はお前と結婚するつもりはない」

勘違いし、付け上がったゾンビに発せられるはずの言葉は何故かエリカに向けられていた。仁が見ているのは自分だ。それも愛情のひとかけらもない、冷たい視線で。

「何を言うの仁。あなたにそんなことができるはずないじゃない。おりおり堂や、何よりも大切な弟が心配じゃないの？」

慌てることなくエリカは仁に囁く。反抗的な男を黙らせる魔法の呪文だ。

「今、柄鏡は私が持っているの。大丈夫、約束だもの、うまくやるわ。R国に返還して、『骨董・おりおり堂』の関与は間違いだったことにしてあげる」

くっと言葉に詰まった様子の仁にエリカは溜飲を下げた。ほら、やっぱり。あなたは私の言うことを聞くんじゃない――。

「あなたの弟は気の毒だったわね。彼の身の上に起きたことは、それは大変だったわ。本当のことを知れば誰だって精神のバランスを崩してしまうでしょう。私だって心配してたのよ。愛する人の弟ですもの。だから黙っておいてあげたのに、彼は全部知ってしまったのね。ねえ、仁。私ドクターから聞いたのよ。彼は今、精神科の重症病棟に入院しているんですってね」

「医者が何故、お前に孝の病状を話す？」

仁は不思議そうだ。

「何故ですって？　当たり前でしょう。私は彼の義理の姉になるのよ？」

「まともな病院ならば自称義理の姉とやらに患者の個人情報を話しはしないだろう」

「そうね。でもお医者さまと特別なルートがあれば話は別よね」

実際、エリカは孝の入院する病院の医者を抱き込んで話を聞いたのだ。孝は重症で希死《きし》念慮《ねんりょ》が強いため、自殺防止のため身体拘束や薬物の投与を受けているという。

「きわめてもろい状況。たった一つのきっかけで簡単に壊れてしまうのだと聞いたわ」

担当医師はエリカに骨抜きにされている。

エリカが命じれば彼はためらいなく引き金を引くだろう。容易なことだ。崖から突き落とす必要もないのだ。誰も見ていない、聞いていない場所でたった一言呟けば、孝の精神は崩壊する。犯罪にすらならない行為だ。

医師は断ることができない。妻帯者である彼にとって不都合な写真はいくらでもある。誰も信用するな。常に二重三重の罠《わな》を張り巡らせて保険をかけておけ――。それが小菊の教えだった。

「つまりお前は、俺が言うことを聞かなければ孝に危害を加えると言っているんだな」

エリカは少し驚いていた。こんなに喋る仁というのを初めて見た気がする。

「いやだ仁、人聞きの悪いことを言わないで。私がそんなことするわけないじゃない」

「もういい。行こう山田」

山田澄香の肩を抱くようにして、こちらに背を向ける仁。かっと頭に血が上った。

「待ちなさいよ、本当にいいの？　孝だけじゃないわよ。あんたの大事な桜子だって具合が良くないって話じゃないの。いいのかしら？　孝にもしものことがあれば彼女だって無事では済まないんじゃなくて？」

「何だと？」

「お優しい彼女のことだもの。どこの馬の骨だか知らないけれど、一度は孫のように可愛がった男が死ねば、ショックを受けて病状が悪化しちゃうんじゃない？　そんなことになったらおりおり堂もどうなるかしら？」

「俺がお前と結婚すれば、そうはならないのか？」

「そうね。きっとみんなうまくいく。そうだ。あの店、私が引き継いであげてもいいわよ」

「『骨董・おりおり堂』のことか？」

「ええ。あの店が好きなんでしょう。これからあなたは忙しくなるもの。桜子さまに代わって目配りする人間が必要でしょう」

エリカは『骨董・おりおり堂』が気に入っていた。おしゃれでセンスのいい骨董とモダ

ンなうつわを扱う店。橘グループ総帥の妻が経営するに相応しいことだろう。

「さあ、神父様をお待たせしてしまっているわ。お式の続きをしましょう。神父様？」

サンタクロースみたいな白い髭《ひげ》をたくわえた外国人の神父は日本語が分からないのか、エリカと仁のやりとりをぽかんと見ていたが、促され、英語で聖書を読み始める。

仁の隣で、山田が途方に暮れたように立っているのが目障りだ。

早く、早くこの式を終えて婚姻届を提出してしまわなければと内心焦る。神父がこちらに向き直りたどたどしい日本語で言った。

「新郎橘仁、あなたは新婦丹羽エリカを妻とし、健やかなる時も病める時も、悲しみの時も喜びの時も、貧しい時も富める時も、これを愛しこれを助け、これを慰め、これを敬い、命ある限り心を尽くすことを誓いますか？」

うつむいていた仁が顔を上げる。

「誓いません」

「仁っ⁉」

「おやおや、これは困りました」

神父が突然流暢《りゅうちょう》な日本語で言い、丸い眼鏡のレンズの奥でおかしそうに笑った。

「まあ、確かに、今の話を聞く限り、これじゃあんたたち幸せにはなれないだろうな」

「何ですって？」

睨《ね》めつけるエリカに神父は肩を竦めた。

「おっと、神父を睨《にら》んじゃいかんだろう。お嬢さん、いい加減に諦めたらどうだい？　どう考えたってあんたの負けじゃないか」

急に砕《くだ》けた口調になった神父を訝しむエリカの目の端で参列者の一人が立ち上がるのが見えた。

「まったく、黙って聞いてりゃ何ですか。誰がたった一つのきっかけで壊れてしまいそうにもろい、どこかの馬の骨なんだか」

近寄ってきた髪の長い男が言う。一応、ここにいるエキストラたちは結婚式のドレスコードに沿った服装だ。この男はミュージシャン崩れのフリーターらしく、ホストのようなスーツに軽薄なアクセサリーをつけていた。

「は？　どなたでしょう」

思わず顔をしかめるエリカの前で彼は長い茶髪をむしり取るようにした。

「分かりませんか？　あなたが仁を縛り付けるのに散々利用したかわいそうな弟ですよ。その節はどうも」

彼はそう言い、ポケットから取り出した眼鏡をかける。皮肉な物言い。そこにいるのは紛れもない橘孝だった。

「な、なぜ？　あなたは病院にいるはず」

「あなたは医師を抱き込んだつもりだったようですけど、あれは下っ端でね。ヤツには偽の情報を吹き込むよう手配しました。あなたが聞いたのはすべて真っ赤な嘘」

「そんな、そんなバカな……」

「あなたごときの計略、最初からお見通しなんですよ。いい機会だ。これを機に上には上があることを学ぶといい」

昔、エリカは橘孝の誘拐に一役買った。その後の彼の哀れな姿、その秘密を守るために仁はずっと自分の言いなりになっていた。

今回だってそうだ。

孝にあの時の真相を話せば彼の精神は簡単に崩壊するだろう。そう囁けば仁は簡単にエリカに跪《ひざまず》き、何でも言うことを聞いたのだ。

「だってあなたは……、あなたの過去を知れば誰だって顔を顰めるでしょう。それであなたの兄を長い間、犠牲にしてきた。そんなことを知ってなお、大きな顔をして出て来られるわけがないわ」

孝は額を押さえてよろめいて見せた。

髪の短い彼は本来の端整なルックスに戻っている。派手な服装とアンバランスだった。

「おっと、痛恨《つうこん》の一撃だな。確かに、きつい事実だった。俺だって落ち込みましたよ。だけどねエリカさん。思春期ならばいざ知らず、こう見えて三十年近く生きて来てるんだか

ら。そうそういつまでもべそべそ泣いちゃいませんよ」

したり顔で仁と並び立つ男に、エリカはぎりっと歯ぎしりした。

「この男、こう見えてとんだ食わせ物なんだよ。臥《ふ》せったふりをしてその実、証拠固めに邁進《まいしん》してるのだから、刑事にでもなった方がいいんじゃないか？　橘孝。それともウチに来るかい？」

神父がそう言って付け髭をむしり取る。

眼鏡を外すと、その下から現れたのは仁にそっくりの男だった。

「何、あなた？」

思わず後ずさる。壇上から降りてくると、男はにこにこ笑いながら握手を求めてきた。

「やあ、初めまして、丹羽エリカさん。私はR国の文化財保護官、ラウルと申すもの。君のような美女を騙すのは実に心苦しいのだが、何しろこちらとしては、かの国際盗品密売組織壊滅が悲願でね。女首領逮捕のために一芝居打たせてもらったってわけさ」

「何をおっしゃってるの？　さっぱり意味が分かりませんわ」

神父の服装をした男がハアと溜息をつく。

「それは無理があるんじゃないのかい？　あんたさっき、例の柄鏡は自分が持ってるって言ってたじゃないか。花嫁の私室を覗くとは無粋《ぶすい》の極みだが、先ほど控え室に入った女性捜査員によって現物も確保済みだ」

神父姿の男はそう言って、耳に入れたイヤホンを示して見せた。

「何なの、あなた？　仁に似せて整形でもしたの？　新手のストーカーか何かかしら」

「ほう、これはなかなかに辛辣《しんらつ》だ。先日、発覚した事実なのだが僕と仁には実は血縁関係があってね。じいさまが同じなのさ。生まれ育った国も違うのに、ここまで似ているとは正直、僕も驚いたものだがね」

「えええ、そうなんですか？」

山田が素《す》っ頓狂《とんきょう》な声をあげる。ラウルと呼ばれた男は山田に向かって、ウインクした。

「そうなのさ、麗しき女神よ。ああ、私のするめ。君がこの男に向ける愛情のひとかけらでもこちらへ振り向けてくれればいいのに」

「いやあ、ラウルさん。それはちょっと……ってか、ここでするめ」

「何だ、するめとは？」

頭を抱える山田を見下ろし仁が訊く。

「噛めば噛むほど味わい深い、この美しき女神のことさ。謙虚な努力家、仁に対する深い理解に絶妙の言語感覚。これぞ日本が誇る乾物《かんぶつ》、これぞ私の女神」

左手を胸の上に置き、右手を大きく掲げてうっとりと語る男に山田は奇声を上げているし、仁は呆れ顔だ。

何なのこの茶番は――。

鼻白むエリカに向き直り、男が続けた。

「ああ、それと、君。『骨董・おりおり堂』を自分のものになんてと言っていたが、秀外《しゅうがい》恵中《けいちゅう》たるマダム桜子は鏡の中の姫君に嫌がられるような女を後継者にはしないだろう」

「鏡の中の姫君？」

咎めるようなエリカの視線に男は怯むこともなく、情感たっぷりに話し始める。

「そう。あの柄鏡の中には愛しい夫と引き離されて悲しみの中で果てた姫君がおられてね。夫君たる雄鏡《おかがみ》と引き離されると持ち主の家に祟ると言われているのさ。さらに彼女は無礼な男どもが大嫌い。さしずめ『汚い手で妾に触るでない、下郎ども』とでも言ったところかな」

外国人の口から出てくる話とは思えない。

名月館の開かずの間、つまりは盗品保管倉庫の秘密が明かされた時、R国の文化財保護官が立ち会っていたというのはマサの報告で知っていた。だが、これほど日本文化に詳しいとは驚きだ。

「ずいぶんとロマンティックなお話ね。ティーンの少女と話をしている気分だわ」

「いやいや、僕は特に夢想家というわけではないよ。だが、こうした伝説は、どうして侮《あなど》れないものなのさ。おまけにこれはちゃんとした民俗学の学者先生のお墨付きでね。実に興味深い事例だが。おや、頑《かたく》なに信じないって顔だね。君だってついさっき体験した

はずじゃないか。鏡に拒絶されただろ？」

　自分の顔を鏡に映した際の、歪みきった醜い顔と、何とも言えない不快感が思い出されてエリカは顔を顰めた。

「かの姫君は通常は女性に優しく、時に願いを叶えてくれもするそうだが、それは虐《しいた》げられたり不当な目に遭っている女性が対象らしくてね。一方、姫君は苛烈な性質も合わせ持っていて、性根の腐った女が大嫌いなんだそうだよ。そうした女が鏡を見ると、醜く歪んだその者自身の内面が映り、あまりの醜さに鏡を放り出してしまうとか」

「下らない。単に鏡の面が歪んでいるだけでしょう」

「さてさて真偽《しんぎ》の程はどうだろう。ところで、君はマサ君が後生大事に鏡を持っていて、今日の日に合わせて送って来たと本気で思っているのかい？」

「あら、何のことでしょう？」

　ぎくりとしたが、カマをかけられている可能性もある。平静を装うエリカに、男は仁によく似た顔で晴れやかに笑った。

　仁はこんな笑顔、ついぞ見せたことはないと、ちらりと考える。それは自分がそうさせているのだろうかと思うと、痛みを感じた。

「マサ君は割を食ったな。既に証拠が揃っているので明かすが、かつては小菊、現在では君が率いる組織は例の開かずの間を盗品保管倉庫にしていた。大きな品は配送業者を装っ

て搬出入していたようだね。だが、名月館が休業中はあまり頻繁に出入りすると怪しまれる。だから小さな品に関してはメッセンジャーを使うことにした。それがマサ君さ」

「それはどなたです？」

　しらばっくれるエリカに男は首をふった。

「まあ、話は最後まで聞いてくれたまえ。マサ君を茂斗子さんに近づかせたのも出入りを怪しまれないようにするためだろうね。持ち出した盗品はあなたに届けられることもあるし、危険を冒さず買い手の手に渡るよう、様々な手法が使われた。タクシーの座席下にわざと置いた盗品を次に乗車した買い手が回収するとかね。何とも古典的な手段だが、存外こういうのが効果的なのかも知れない」

　そこまで知られているのかと思った。

　調べたのか、あるいはマサが？　と考えたところで男が言った。

「マサ君は少し前、開かずの間に入った際に偶然柄鏡に触れてしまった。以来、毎晩夢枕に姫君が現れ、返せ、妾《わらわ》を帰らせろとずいぶん責められていたようだな。悪事に手を染めた男の自業自得ともいえるが気の毒な話だ。すり替えるのもかなり勇気がいったろう。柄鏡の逸話を知らなかったとはいえ蛮勇《ばんゆう》だね。手元においておくと更に被害は増し、ついに怖くなった彼は名月館に返しに行こうとしたが果たせず、何とか祟りを抑えてくれそうな強い神様のところに持って行くことにした。御蔭洞穴といってね、山の中腹にある独特の

信仰を持つ場所だ。ところがその帰り道、地震が起きて事故に遭い、ついでに助けてくれた子供を勘違いから殺そうとして殺人未遂の罪状までついてしまった。偶然なのか姫君の怒りに触れたのか、それは分からない。真実は鏡だけが知るのさ。ん？　彼は拘留中だよ。連絡がつかないだろう？」

　そんなことが起こっていたとは知らなかった。では、鏡を送ったのは誰なのか？　それも自分を陥れるための罠だったのだろうか。

「ああ、恐らく君の想像の通りだろう」

　いつの間にかエリカの周囲は包囲されていたのかも知れない。それならばせめて『骨董・おりおり堂』を道連れにしてやろうと決意する。小菊の教えに感謝した。二重三重にと仕掛けた罠はまだ生きているのだ。

『骨董・おりおり堂』を貶《おとし》める。こうなれば徹底的に叩きのめしてやるだけだ。

　更には、とエリカは考えている。仁にも、そして目障りな孝や山田にとってさえ、橘桜子は絶対的な存在だ。彼女の入院先にも息のかかった人間を潜入《せんにゅう》させている。彼女が死んでしまえば、彼らの落胆は倍になるし、誰も『骨董・おりおり堂』を救えないだろう。

「桜子おばあさまに危害を加えようなんて考えは起こすな。おばあさまに指一本でも触れてみろ。俺は絶対にお前を許さない」

　低い声で仁に言われ、エリカは言葉を失った。腹が立つ。思わず仁を睨んだ。しつけの

悪い駄犬に苛立ち、小声で叱りつける。

「何なの？　あんたは奴隷よ？　自分の立場をわきまえなさい」

「俺はお前の奴隷になったつもりは一度もない」

「は。呆れたわね。あんた一体何様のつもりなの？」

　やれやれと割って入ってきた男はラウルだ。

「まあ、君には分からないものかも知れないな。『骨董・おりおり堂』、その要《かなめ》はマダム桜子。彼女を中心として彼らは結束しているんだ。君のような陰謀家《いんぼうか》に対抗《たいこう》するために最強なのは何か分かるかい？　そう、互いが互いを信頼し、尊重し合うことなのさ」

　おかしそうに言うラウルに、エリカは首をかしげる。彼が指し示す先にいるのはエキストラの老婦人だった。

「さあ、マダム。健在ぶりをお示し下さい」

　そう言うとラウルは騎士然と歩み寄り、老婦人をエスコートして来る。

　近くで見て、ぐっと言葉に詰まった。これも変装なのだろう。地味な紺色のワンピース姿で気づかなかったが橘桜子だ。

「入院中じゃなかったの？」

　孝がラウルからなのかエリカからなのか、彼女を守るように傍に立ち、得意げに言う。

「おばあさまに危害を加えられては大変だからな。病気療養という名目で入院していること

とにした。実際には安全な場所でホテル暮らしを満喫していただいたというわけだ」

「ええっ。オーナー、良かったですー」

山田が泣きそうな声を出す。

「ごめんなさいね澄香さん。心配をおかけしてしまいましたわね。孝さんがどうしてもとおっしゃるものだから」

「敵を欺《あざむ》くにはまず味方から、特に山田さんはすぐにボロを出しそうですからね」

孝は眼鏡のブリッジを直しながら、得々と語る。

「俺がまず怪しいと思ったのは、三人の来客があった時だった。平たく言うとおばさんたちだ。おばあさまのお友達ということだったが、やたらこの仁と山田がお似合いだとか結婚してあの店を継ぐとか、下世話なことを言う。お友達だという割におばあさまも少し距離を置いてお相手なさっている感じがするのも妙でね。極め付きが俺についての紹介だ。仁のことを孫だと紹介しておきながら、俺のことは仁さんのお友達とおっしゃったんだ」

ふんとエリカは思った。

「あなたのことを孫とは思ってないんでしょう。実際、孫でも何でもないんだから」

「ああ、俺も一瞬そう思ったが、よく考えるとおばあさまがそんなことをおっしゃるわけがない。これは何かあると考えたわけさ。調べてみると案の定、その内の一人が怪しい。どうやら小菊と繋がっているらしいことが分かってきた。小菊亡き後、何かを仕掛けてく

る可能性があるのは誰か？　そう考えると答えは明白だろう。もっとも俺は丹羽エリカ、あなたに関する記憶を失っていてね。調査結果も俺のところに届いた時には一部改竄《かいざん》がなされていた。それでスタートが遅れてしまった。今回最大の反省点だな」

「へえ。君のような立場の人間を謀《たばか》ることができるなんてすごいじゃないか。一体誰だ？」

嬉しげなラウルの問いに孝はむくれたような顔をした。

「うちの執事さ。これがまた食えない男でね。しかも執事の独断ではなくて仁との相談の結果だという。まあ仕方がないとはいえ、一発殴ってやろうかと思ったけど」

エリカは失笑した。

腹立たしくて、何もかもが馬鹿馬鹿しい。

「もう結構。あなた方が愉快な仲間たちというのはよく分かったわ。みんなして私を嵌《は》めて、茶番を演じるためにわざわざお集まりいただいたというわけね。私もずいぶん甘く見られたものだこと」

エリカは仁に向き直る。

「仁、それがあなたの答えなの？」

少し考えるそぶりを見せて、仁が言った。

「洞穴に捨てられたはずの柄鏡が何故ここにあるか分かるか？」

何の話だと不快さが増す。

「知らないわ」

「その洞穴は先日の地震で崩落した。本当ならその鏡はそこで埋もれてしまっていたかも知れない。山田のおかげなんだ。『骨董・おりおり堂』を守るために、山田は身を挺《てい》して柄鏡を持ち帰ろうとした」

　はっと、エリカは鼻先で笑った。

「それはご苦労だこと。脇役には脇役の果たすべき役割があるのね。大したものですこと」

　エリカの言葉に仁は溜息をつき、ぼそりと呟く。

「命に換えても守りたいものがある幸せを、お前が知ることはないんだろうな」

　気の毒げなまなざしがエリカの怒りに火を点《つ》けた。

「大きなお世話だわ。ねえ仁、あんただって男なんだから分かるはず。そんなちっぽけな幸せなんかよりも、橘に戻って世の中を動かす権力を手に入れた方がずっといい。そのためには妻も大切なの。美貌と才覚に恵まれてなきゃ。残念だけど山田さんでは務まらないわよね」

「あ、あのですね……」

　おずおずと話しかける山田の言葉にエリカは顔を顰める。

「多分、仁さんはあなたが思ってる仁さんと違うと思うんです」

カッとした。

「何？　本当の仁を知ってるのは私だけだとでも言うつもり？　真正面からぶつかることもできずに周りをうろついてるだけの自信のないゾンビ女に言われたくないわ」

　辛辣なエリカの言葉に山田は断末魔《だんまつま》みたいな声を上げた。

「うう。そう言われては返す言葉もないのですが。しかし、その何というか、仁さんはやっぱり料理をしてる時が一番かっこいいです。それを見ないのはもったいないと思うんですよ」

「ふんっ。ゾンビの遠吠《とおぼ》えね。あんたの言うことなんて分かりたくもないわ」

　激しい言葉を叫べば叫ぶほど、傍らに立つ仁の心が遠ざかっていくような気がする。それでもエリカには止められない。何か大事なものが手の中から逃げていくのを見ているような気がした。

　その予感を確かなものにするかのように仁が言う。

「エリカ、お前は小菊の亡霊に操られているだけだ。小菊はもういない。お前はお前の人生を生きろ」

「ふんっ、簡単に言ってくれる。それでもね、仁を好きなのは私なの。分かる？　これは小菊様の命令じゃない、私の心なの。だから私は仁を好きなことをやめない」

　エリカはレースのヴェールをむしり取り、邪魔な手袋を脱ぎ捨てた。この日のために作

ってもらったブーケを床に捨てることはどうしてもできなくて、祭壇の上に置いた。

これが最後になるのかなと思いながら仁を見る。相変わらずいい男だ。

「残念だけど、さようなら」

チャペルに刑事らしき男が二人と制服の女性警察官が入って来る。

エリカは顔を上げ、白いドレスの裾を翻《ひるがえ》しながら、そちらへ向かって歩いて行った。

◆

エリカの去ったチャペルで、澄香はへなへなと列席者用の椅子に座り込んだ。

無我夢中だったし、神父も列席者も偽物だと知ってはいたが、やはり結婚式に乱入して花婿を強奪するなんてこと、澄香には荷が重すぎた。

「大丈夫か山田」

「はは、今更ながら大役すぎました」

白いタキシードで苦笑する仁が眩しい。

エリカは列席者をエキストラだと思っていたようだが、ここにいるのはみな知り合いだ。

橘家の内情に触れる話や犯罪にまつわる話が出る可能性があるので、身内で固めたのだ。

桜子、孝、橘家の執事父子と虎之介、そして美冬だ。美冬は柄鏡の行方を気にしてわざ

わざ大阪から駆けつけてくれていた。

彼女は年末に桜子と面会しており、その際にあらかたの事情を知らされていたらしい。

ちょっと不思議だ。もちろん美冬は信頼できる人物だと思うが、これだけ入り組んだ人間関係で、結構、騙し合いに近いようなことが行われていたのだ。澄香だって騙されていた程だ。そんな中、普段それほど親しく往来しているわけではない美冬にあの時点で真実を知らせていたことに違和感を覚える。

言葉を選びながら、そんなようなことを言うと美冬はうふふと少女のように笑った。

「澄香さんがそう思われるのも無理ないわ。ただ、私はあの柄鏡にちょっとご縁がありますの。絶対にエリカさんの側に立つはずがないという信頼があったんやないかしら」

絶対にエリカの側に立つはずがない？　どういう意味なのだろうと思いつつも、みなでチャペルを引き上げることになり、話はそこまでになってしまった。

「あれ、虎之介はどこ行った？」

孝が探している。虎之介は何となく面白くなさそうな様子で、他の列席者に挨拶をするとすぐに出て行ってしまっていた。

車やタクシーで帰る人、会場の後処理をする人などに別れる。桜子は美冬と一緒にタクシーで一旦自宅に戻ると言うし、仁は後始末があるという。第一、タキシードでは帰れないだろう。

澄香は一人地下鉄で帰ることにしてぶらぶら歩いていると、近くにはない高級スーパーを見つけた。何の気なしに立ち寄ったところで意外な先客を発見した。

虎之介だ。手に持ったカゴにはお菓子が数個。ドレッシングの瓶を手に取って見ていたかと思うと、所在なげに歩いている。

「何してんの？」

澄香が声をかけると、虎之介は驚いた猫みたいに飛び上がった。

「うわっ、びっくりした。スミちゃんか。絶対に知り合いがいない場所だと思って油断してた」

虎之介は以前、孝に伝受したという、見知らぬ誰かのカゴの中身から今夜の献立やその人の物語を想像する遊びを教えてくれた。

「ニュータマコって話があってさ」

ストッキングとケーキと赤飯《せきはん》を買ったＯＬ風の女性を見て、虎之介が作った話だそうだ。

タマコは明日整形する。今までの自分と別れ、明日から仕事も名前も捨てて新しい人生を歩き出す。ケーキと赤飯はそのためのお祝いだというのだ。

「スミちゃんは、そんな風に何もかも捨てて一から人生やり直したいと思ったことない？」

虎之介らしからぬ言葉に驚いて顔を見直してしまった。

「そりゃないことはないかな……」

そう答えたのは正直な気持ちだ。澄香もカゴを取り、虎之介と並んで歩きながら考える。

「でもさあ、仮に顔を変えて人生をやり直してみても、結局同じような選択をして、同じようなことで嘆いてるんじゃないかな」

「そうかな？　誰もが振り返る絶世の美女になって男を意のままにするとか、どうよ？」

考え込んでしまった。

「うーん。やっぱりダメな気がする」

生まれついてならばともかく、今の澄香が美貌を手に入れたところで、中身は変わらず、結局いじけたゾンビだとかするめ女だとか言われている未来が見える。

「あらそぉ？」

虎之介はおどけた調子で肩をすくめた。

「うん。多分これが私なんだよね。まったく違う人生送るなら記憶とか、全身の血液そっくり入れ替えるとかしなきゃダメなんじゃない？」

「うーん。タマコは骨の髄までタマコでニュータマコにはなれないってことか」

どこか寂しそうな虎之介が何を考えているのか澄香にはよく分からなかった。

「そういえば」と思いだして訊く。

「ラウルは来週帰国するって言ってたけど、虎之介はどうすんの？」

ラウルの同僚だというのなら一緒に帰るのかと思ったが、虎之介は微妙な表情だ。

「俺さあ、ヤツとは別ルートで入国してんだよね。正直、ヤツと共闘《きょうとう》するつもりもなかったってかさ」

「え、そうなの？」

「だって俺、留学生ビザなんだよ？」

確かに虎之介の年齢《ねんれい》を考えればその方がしっくりくる。

「え、でも、ラウルの同僚なんだよね？」

「うーん、まあそんな感じではあるけど。日本には美術や歴史を学びに来たわけだし」

驚いたことに彼は二十歳だが、飛び級で既にアメリカの大学を卒業し、人類学の博士号を持っているとのことだ。

「そ、それはすごい人なのでは？」

「へへ、どうだろ」

そういえば虎之介の知識はどこか偏っていると思うことがある。それを訊くとうなずいた。

「そうなんだよなー。実は生まれてから五歳まで日本にいたんだけど、正直何も覚えてなくてさ。何か悔しいじゃん。で、その空白を補うにはどうするかってずっと考えてたわけ。事情があって日本には来られなかったから、もうね、アニメとかドラマとかで徹底的に日

本を分析した。ちょっと仮想日本に住んでた感じ」

へえと思った。

「ええと、じゃあ記憶がないってのはやっぱり……」

「うん。ごめん、本当は覚えてた。事情があって、嘘ついてたんだ」

まあそうだとは思っていた。仁には最初に話をしていたそうだ。

スーパーを出ると虎之介は頭の後ろで両腕を組むようにして、空を見上げた。

「夏があって、秋が過ぎ、真冬か。この半年楽しかったよなあ。最後にスミちゃんの花婿略奪も見たし、もう思い残すことはないかな」

「いや待って、あれは忘れよう？　ってか留学は？」

「うん。それもカモフラージュだったし。目的は達したしなあ」

目的とはやはり、エリカの率いる盗品密売組織を潰すことだったのだろうかと澄香は考えている。

六時過ぎ、『骨董・おりおり堂』の格子戸を開き、外に出てみた。

既に外は真っ暗だ。凍てつくような寒さに夜が静まり返っている。空を見上げると、南の空に細い三日月が浮かび、周囲の雲をほのかに照らしていた。

この季節は夜の訪れが早い。それでも冬至から遠ざかるにつれ、少しずつ昼の時間が優

勢になっていくのを感じる。

振り返って見てみれば、『骨董・おりおり堂』に明かりが灯っている。先ほどチャペルから戻り、桜子の指導を受けながらどうにか形にしたものだ。

黄色の小さな花はその名の通り、精巧《せいこう》にできた蠟細工のようだった。一瞬造花だろうかと疑ってしまうが、立ち上る甘い香りに本物だと知る。年末から何かと騒がしかった店周りも、ようやく本来の落ち着いた佇まいを取り戻しつつあった。

カフェスペースの机を二つくっつけて、大人数が座れるようにしてある。

さっきから奥の厨とカウンターに分かれて、希望者が腕を奮っていた。

ようやく皆が揃って、乾杯《かんぱい》をする。

とっておきの大吟醸《だいぎんじょう》にスパークリングワイン、ウィスキーのハイボールにお茶。それぞれが希望のものを手にしていた。

来週ラウルが帰国すると聞いた桜子が、今日のエキストラ役で参加した人を招いて食事を振る舞ってはどうかと提案したのだ。橘家の執事二人は仕事があるのでと帰っていったが、ラウルに虎之介、孝と美冬がここにいる。

「いやあ、本当に今日の君は素晴らしかった。美しき略奪者に乾杯」

相変わらずなラウルの不意打ちに、ワインを口に含んでいた澄香は噎《む》せた。

「や。あれは……」

「いやいや、謙遜《けんそん》することはないよ。まったく仁に嫉妬を覚えるほどに神々しかった。不思議な話だね。略奪者の方が雄々《おお》しくワイルドで花嫁より印象深いとは」

　誰の話をしているのかと首を傾げたくなったが、ラウルは構わず続ける。

「その理由を考えてみたのだが。花嫁の慢心なのかも知れない。ここで取り返さなければ略奪者には後がないわけで、あなたの必死の思いに我々は心を打たれたのだ」

「異議あり！」

　声を上げたのは孝だった。

「俺はもう少し華麗な光景を想像してましたよ。仁を連れて走り出すとか、強引に唇を奪うとかいくらでもあるんじゃないですかね。それが何です？　まさかあんな風にぼんやり横で突っ立ってるとは気が利かないにも程がある。花婿の略奪というよりは成仏し損ねた亡霊でも見ている気分でしたが」

「う、すみません……」

　強引に唇を奪うのは犯罪なのではないかと考えている澄香の隣で、人選を間違ったかな、俺がやるべきだったかも知れないなどと孝は呟いている。

　御蔭洞穴で崩落事故に巻き込まれ、仁が生きていてくれるだけでいいと澄香は思っていた。だからといって、結婚式の招待に応じる勇気はない。仁の退院が遅れたうえに仁には

出張料亭の仕事があり、おまけに相変わらずエリカに呼び出されていたせいで、結局、ろくに話もできないうちに結婚式が翌日に迫っていた。

その時、澄香の前に現れたのは孝だった。驚く澄香に彼は仁を略奪してこい、と言ったのだ。

そこで澄香は初めて真相を知った。仁が何故エリカと付き合っているのか、何故結婚しようとしているのか――。

ならば話は別だ。仁の幸せを願えばこそ身を引く覚悟を決めたのだ。こんな脅迫みたいな結婚なんて絶対に許せなかった。自分が代わりに花嫁の座に座ろうとまでは考えなかった。ただエリカにだけは渡すわけにいかないと思った。本当に無我夢中だったのだ。

ほほほと朗らかな笑い声を上げたのは桜子だ。

「とりあえず良かったですこと。エリカさんには少し気の毒でしたけど。無理を通して結婚してもきっと誰も幸せにはなれなかったでしょうからね。皆様もお疲れ様でした。さあ、冷めないうちにお料理をいただきましょう」

各自の前に置かれているのは仁の手による繊細で美しい料理の数々だった。

伊勢海老《いせえび》と平目《ひらめ》のお造りと鯛《たい》の昆布締《こぶじ》め。

これは『骨董・おりおり堂』のお正月の料理だ。

「少し遅めですが今年はちゃんとお正月を祝えなかったので」

そう言って仁は微笑する。

澄香は伊勢海老のお造りをいただいた。ぷりぷりした身は透明《とうめい》で、朱色に輝いているようだ。濃い醤油《しょうゆ》と下ろし立てのわさびの香り。むっちりした歯ごたえ、噛みしめるとねっとりと甘い。少しあっさりと感じられる平目のお造りに、昆布のうまみを吸った鯛。

丁寧に作られた仁の料理を澄香は味わっている。

そういえば、初めて出張料亭に同行した時、セレブなマダムたちの料理教室兼パーティーで鯛のあらをゴミとして処分してくれというマダムたちに憤慨し、そのうちの一人の家であらの料理を作って振る舞ったことがある。

先ほど厨で料理を作る仁があらを冷蔵庫にしまっているのを見て何にするのか訊くと、明日のまかないに兜焼《かぶとや》きを出そうかと思っているとの返事が返ってきた。

おりおり堂のまかない。その言葉をとても久しぶりに聞いた気がする。いつの間にか当たり前にあるものだと思いこんでしまっていたが、決して当たり前のものではなかった。改めて戻って来た日々を思うと、澄香はここにいられる幸せを噛みしめずにはいられなかった。

大皿に料理が盛られ、次々に運ばれてくる。

豚の角煮と春巻きは桜子のお手製、照り輝くカボチャの煮物《にもの》は美冬の作だ。

甘辛《あまから》い味つけの豚の角煮はこっくりと煮上がっている。豚バラ肉の横には煮卵が添えら

れていた。

豚バラ肉に箸を入れると、ほろりと崩れ、口に運ぶととろりと溶けてしまった。お酒に合う。

箸休めに煮卵を割ってみる。ほくほくした黄身の食感と甘辛い煮汁の染みた白身の部分が渾然一体《こんぜんいったい》となって、つい口許が緩んでしまった。

春巻きに包まれているのは、定番のたけのこ、にんじん、椎茸《しいたけ》に豚肉、そして春雨。細く切り揃えた食材には下味がつけられていて、噛むとサクサクに揚がった皮の食感に、とろりとした餡《あん》のうまみが拡がる。餡をまとった野菜に少しだけしゃきしゃき感が残っているのも絶妙だった。このまま食べてもおいしいが、少し辛子を溶いた酢《す》醬油をつけて食べると、また味わいが変わって嬉しい。

カボチャはほっくりと煮上がって、甘みがとても強い。砂糖の甘みではなく、カボチャ本来が持つ甘さだった。実の部分の濃いオレンジ色に皮の緑。皮も柔らかく煮上がっていて、食感の違いが楽しかった。

虎之介がことのほかこのカボチャを気に入って、「うまっ、うーまあ」と言いながら夢中で口に運んでいた。

みながわいわい言いながら食べて飲んでいる。

孝が湯気の立つホイコーローを運んで来た。

「何だよ何だよ橘グループ。少しは上達したのかよ」

虎之介に冷やかされ、孝は胸を張った。

「ふふん、言うまでもない。記憶さえ戻ればこっちのもんだ。この料理はいわば仁と俺のメモリアルなんだ。それだけじゃないぞ。あの女のおかげで隠密に証拠集めに奔走するさなか、俺は仁に披露《ひろう》する日のために血の滲《にじ》むような稽古《けいこ》を続けたんだ。もはやパーフェクトの呼び声高いホイコーローだ」

どんっと皿を置いて孝はすごいドヤ顔をしている。元気そうで何よりだ。

さっそくいただいてみると、確かに以前に彼が作ったまかないの時とはまったく違う。甜麺醤と豆板醤、オイスターソースの配合、キャベツとピーマン、白ねぎの火の通り具合もちょうど良くて、仁が作るホイコーローによく似た味がした。

「しかし、仁。ずいぶんと危ない橋を渡ったもんだよな」

仁とよく似た顔で麦焼酎《むぎじょうちゅう》の水割りを飲んでいるラウルが言った。

「何がだ？」

「この麗しの女神を放置してエリカと付き合ってたわけだろ？　しかもずいぶん見せつけていたようじゃないか。彼女に愛想を尽かされても何の不思議もなかっただろうに」

ひゅっと澄香は息を呑む。何てことを、と思った。この人は勘違いしている。愛想を尽かすなんてことではなくて、澄香自身が諦めの悪い自分とどうやって折り合いをつけるか

が問題だったのだ。とはいえ、澄香にはそんなことを言葉にするだけの勇気はとてもない。

「そうだな。それはそれで仕方がないのかと思っていた」

当たり障りのない仁の返答にラウルが大袈裟に天を仰ぐ。

「何とまあ。まったく信じがたい男だな。普通、情熱のためには多少の犠牲は致し方ないと考えるもんじゃないのか。いや、まあ確かにあんたの過酷な状況じゃあ仕方がなかったのかも知れないが、それにしたって澄香嬢を泣かせるようなことは許されないだろう」

仁は苦笑し、答えなかった。

何だかラウル一人が空回っているみたいに聞こえる。どういうわけかラウルは澄香を買いかぶってくれているが、実情はこんなもんなんですよと言いたくなった。

それにしても、こうして見ると仁とラウルはかなり気安い。

出会ったのは仁が大阪にいた頃だと聞いて澄香はびっくりした。劇団紙吹雪の裏方として働いていた仁の前にラウルが突然現れたのだそうだ。

「は？　何それ？　聞いてねんだけど？」

驚く虎之介にラウルは肩をすくめた。

「君に見つかるとうるさいからな」

虎之介がたこ焼き屋に修業に出かけたタイミングで仁に接触をはかったのだと聞いて虎之介がショックを受けている。

「マジで。全然気づかなかったわ」

柄鏡を追っていたラウルが仁と接触するのは分からないでもないが、随分早い気がする。まだエリカが動き出す前の話なのだ。

そういえば、と澄香は思い出して訊いた。

「大阪で最初に虎に会った時、仁さんをラウルと勘違いして、その……、銃を向けたよね。あれってラウルと勘違いしてたってこと？」

「おっと」

虎之介がしまったというように目を泳がせる。その虎之介を向かいに座るラウルが見る。

「虎之介君、それって僕に銃口を向けたってことになりませんかねえ」

「るせえな。俺はあん時、誰が味方か敵か分からなかったんだから、警戒するのは当たり前だろ」

色々あったし、このメンバーならさほど驚きはしないのではないかと思って言ったのだが、美冬は驚いた様子だった。

「銃？」と怯えたように呟くのを見て、澄香はしまったと思った。この場で出すべき話ではなかった。やはり日本人には信じがたい内容なのだ。

その点、桜子は「まあ、そうだったの？」と驚きはしたものの平然としている。澄香はほんの一部しか知らないが、名家であるがゆえに桜子もまた一般市民からは想像もつかな

いようなことを見聞きする機会があったのだろうかと思った。

「虎之介君はね、留学の際についてきた世話係に国を出た途端に命を狙われて、命からがら逃げだしたのさ。まあ、仮想現実の日本に親しんでいたとはいえ、右も左も分からぬ国だ。さぞかし心細かっただろうね」

美冬が息を吞むのが分かった。

「おい」

虎之介がラウルを小突く。

「それは言わない約束だろ」

「いや、今夜は無礼講だ。皆さんに聞いていただこうではないか」

「やめろラウル。これは命令だ」

普段の虎之介からは考えられないような威圧的な言葉に、皆がえっと彼らを見直した。少女のように愛くるしい顔をした虎之介のまなざしに威厳さえ見えて驚く。

「いいえ、そのお話、詳しく聞かせていただきたいですわ」

え、誰が言ったのだろうと振り返った澄香はびっくりした。美冬だ。彼女はまっすぐ虎之介を見ている。

ラウルが苦笑した。

「おやおや、これは仕方がないな虎之介君。父の代から我らがお仕えしているのは君では

なくて美冬様なのだから」

「えっ？」

澄香と同じように声をあげたのは孝で、思わず彼と顔を見合わせてしまった。

衝撃的な話だった。虎之介はＲ国の王子、美冬はその生母だというのだ。

そこまで聞いて澄香は思い当たった。

「あの、私、以前にＲ国第二王子のお妃候補に日本人の女性がいたと聞いたことがあるんですけど、それってもしかして……」

「私やのよ」

恥ずかしげに言う美冬に、澄香は言葉を忘れて彼女を見つめている。

美冬が外国で美術館の学芸員を務めていた話は以前に聞いたが、その場所こそＲ国王室の付属美術館だったのだそうだ。

第二王子は美術が好きでよく美術館に来ており、美冬が専門のアジア美術について説明するうち、二人は恋に落ちた。

国王や王妃は彼らの結婚を喜んでくれた。

だが、やはり外国人女性との結婚に難色を示す王室メンバーや側近などもいる。世論は概《おおむ》ね好意的だったが、一部保守派の根強い反対もあった。そこで成婚祝いに日本美術の展覧会をしてはどうかという企画が持ち上がったのだそうだ。

美術展を通し、Ｒ国と日本の長い友好の歴史や日本文化の豊かさを知ってもらおうという趣旨だ。しかも、企画責任者は新しい王室メンバーとなる女性だ。彼女の知性と人柄に理解を深めてもらうためのまたとない機会となるはずだった。

「残念ですわ。もしそれが実現していたらどんなに素晴らしい展覧会になっていたことか」

桜子が表情を曇らせる。心底悲しそうな桜子の言葉に美冬は困ったように笑った。

「そうですね。本当にそうできたらどんなに良かったか」

美術展の準備に追われるさなか、賊《ぞく》が入り盗難事件が起こった。例の柄鏡を始めとした日本美術数点が盗まれたのだ。

その犯人と疑われ美冬は国を追われた。

そこまで聞いて澄香はあまりのことに言葉を失う。美冬がそんなことをするはずないのはもちろん、そもそもそんな立場の人が自分を危うくするようなことをするわけがない。

「王室内に手引きした者がいるのは明白だった。そして証拠すべてが美冬様の関与を指し示していた」

ラウルの補足に美冬が頷く。

「あれは腹が立ちました。私がやったのならもっと分からんようにするやないですか」

少女のように頬を膨《ふく》らませる美冬にラウルは真顔になった。

当時、ラウルの父は第二王子の側近だったそうだ。真犯人は王室内の主要メンバーであることまでは分かったが、手が出せない。

無実なのは明らかなのに守りきることができなかった悔恨《かいこん》を抱き、ラウルの父は王室を外れた。来日して美冬の護衛を務めることにしたのだという。

父からその話を聞いて育ったラウルは、日本を経て諸外国を漫遊したのち文化財保護官の職に就いた。彼は今は勇退した父と共に美冬の潔白を証明するため、例の柄鏡の行方をずっと追いかけていたのだ。

「じゃあ、やっとなんですね」

ラウルの悲願はすなわち美冬の名誉回復に繋がるはずだ。

しかし、失われた時間は二十年に及ぶ。

「今から王室に戻られることは？」

澄香の問いに美冬は首をふった。

「それはもうええんです。あの人にはちゃんとお嫁さんもいてはるし」

第二王子は美冬の事件の数年後、Ｒ国の女性と結婚したのだそうだ。

「誰を恨んでも仕方のないことやわ。せやけど、あなたに危険が及んだというのは聞き捨てなりません。どういうことですか玲音《レオン》」

美冬の視線の先にいるのは虎之介だ。バツの悪そうな顔をしている。

「いつから気づいてたんです？　それともラウルが喋りましたか？」

「私は何も申し上げておりませんよ、玲音様」

慇懃に言われ、虎之介はむくれた様子だ。

「たとえ離れて暮らしていても、自分の産んだ子が分からない母などいません。今日あなたに会った瞬間に分かりましたよ」

びっくりした。以前、大阪の美冬のアトリエで食事をご馳走《ちそう》になった際、彼女は息子のことをちらりと口にした。独身のはずの彼女が何故？　とは思ったがそのまま彼女は話を変えてしまい、詳しいことは聞かないままだ。

その息子が虎之介だったのかと、澄香は信じられない思いでいる。

「じゃ、俺はそろそろ失礼しようかな」

バツが悪そうに立ち上がる虎之介の手を掴み引き止めたのはラウルだ。

「いい機会だろ。今日、君はここで真実と向き合うべきだ」

「真実って何だよ。まさか、ここで言い訳しちゃう？　俺、それを聞かされる感じ？」

「言い訳じゃない、真実だ。君はそれを知る権利があるのさ。とりあえず君だけ知らない事実があるのはフェアじゃないだろ。それを知った後で、どう行動するかは君次第だがね。どうするボーイ？」

茶目っ気たっぷりに言ってラウルは虎之介の肩を抱くようにして顎を載せている。面倒

くさそうに振りほどいて虎之介が座り直した。彼は斜め向かいに座る美冬と目を合わせようとせず、コップのお茶を飲んでいる。

「そうでしたの。美冬さんがお子さんのことで辛い思いをされたのは知っていたけど、虎之介さんのことでしたのね」

　桜子の言葉に美冬は頷く。

「私もまさかこんな身近な場所にいたとは思いませんでした。橘先生や仁さん、澄香さんにもよくしていただいたみたいで」

　ありがとうございますと頭を下げる美冬に虎之介は面白くなさそうな顔だ。

「えー。ちょっとさあ、何なん？　突然の母親面《づら》？　戸惑わざるを得ないんですけど」

「母上様に向かって何だその態度は」

　皮肉めいた言い方をラウルに咎められ、同時にプロレス技をかけられ、虎之介はギブギブと彼の腕を叩いて助けを求めている。

　普段から姿勢のいい美冬がさらに姿勢を正して言った。

「あなたが来日後、行方をくらませたのは知っていたけど、まさか命を狙われたことが原因とは思ってもみませんでした。その後どうにか生きてこられたのは皆さんのおかげではないのですか」

「んー。ま、それはそうかも。あと、劇団のおかげでもあるかな」

しばらく考えていた虎之介は言った。

「ま、いいや。聞こうじゃん。その真実とやらを」

「聞かせていただけますか、だろ」

ラウルに言われ、虎之介は頬を膨らませている。その顔が美冬にそっくりで澄香は何とも言えない気分になった。

冤罪事件で追放された後、帰国した美冬は密かに出産したのだという。アミーガから結婚間際で破談になった悲劇の日本人女性がいたことは聞いていたが、その人が出産していたとは知らなかった。

澄香は詳しく知らないが、王位継承順位などというものがあるのではないのだろうか。

「王子様はご存じだったんですよね？」

「いえ、知らなかったはずです。私自身、妊娠に気づいたのは国を追われた後でしたから」

少し悲しそうに目を伏せると、黒髪が肩にさらさらとこぼれる。

虎之介が美冬の子供という事実、さらには彼がＲ国王族の血を引く存在であることがどうにも信じがたくて落ち着かない。

孝も驚きを隠しきれない様子だ。

ラウルの説明によれば、虎之介が五歳の時、王室から子供をＲ国へ引き渡すようにと連

絡が来たのだそうだ。

「その時点では、私は王室そのものには悪い印象は持ってなかったんです。あんなことになってしまったとはいえ、国王陛下ご夫妻もとてもよくして下さった方々ですし」

美冬は虎之介つまり玲音に父親は最初からいないと言って聞かせていたが、よそのお父さんを見て寂しそうにしている息子に胸を搔きむしられた。

「何よりも」

美冬は溜息をついて続ける。

「私の許にいたら視野の狭い人間に育ってしまうかも知れない。祖父母、つまり私の両親ですね、二人の助けはあったけれど、世界を見渡す広い視野は得られへんのやないかと」

金髪に近い髪、ヘーゼルの瞳。道行く人たちに外国人と思われることが多くなっていく息子に美冬は迷いを覚えていたのだそうだ。

「Ｒ国からは、息子が幼い今のうちにはっきりとあの人との血縁を証明しておいた方がいいと言われました。そうすれば援助はもちろん、この子が望めば最高の教育が受けられるんやと。逆にそうしなければ彼は閉ざされた世界で生きていかなければならない。何しろ私は犯罪者ということになっているので、Ｒ国はもちろん入国できない国が沢山あるんです。彼が母国を見、父に会って、どれほど多くのものを吸収するか。世界へ向けて無限の可能性の扉を開くことができるのに、あなたはみすみすその機会を奪うのかと言われて、

ものすごく悩みました」

言葉を切った美冬は、きゅっと唇を結んだ。

「何も行ったきりになるわけやない。ほんの三ヶ月、R国に遊びに行くだけだからと。そうしたら、その後は本人の意思で日本とR国を自由に行き来ができるようになるからと、そう言われて息子を託しました」

空港で五歳の息子は大泣きしたが、それが本人のためになるのだと信じて送り出した。

だが、裏切られた。

「息子はそのままR国の王室で育てられることになったんです」

「それって……」

澄香は絶句した。

「皇太子が不慮の事故で亡くなり、彼の幼い息子も病気で亡くなられた。さらに第二王子夫妻にはなかなか子供ができなかった。このままでは王室の血統が絶えてしまうかも知れない。ならば第二王子の子を王室へ戻そうと考えた連中がいたのさ」

ラウルの補足に美冬が頷く。

「後から分かったことなんやけど、あの人たちは王室を恨んだ私が呪いをかけて不幸を呼び込んでるんやと思てはったらしいの。おかしいでしょ。そんなわけないのにね。だから、子供を取り込めば私の攻撃が止むやろうとも思ったみたいやわ」

実は美冬が王室入りすることをもっとも強固に反対していたのが皇太子妃だったらしい。彼女は何故か美冬をライバル視しており、婚約が決まってから色々と嫌がらせをして来たそうだ。

美冬もラウルも言葉を濁したが、例の窃盗事件も彼女の差し金らしかった。その彼女に一番の不幸が降りかかったせいで、美冬の呪い説が濃厚になってしまったらしい。

「どんなに子供を返してと訴えても聞く耳を持ってくれへんのよ。私じゃない、呪いなんてできるわけないやないですかって言っても届かなくて、苦しくて苦しくてもう死んだ方がマシなんやないかとずっと思ってました」

美冬は淡々と言うが、言葉の奥にある深い悲しみや焦燥が伝わってきて心が痛い。

「おい、そんなの外交問題だろう。日本政府に掛け合って何とかできなかったのか？」

ラウルに向けて苛立ったように言ったのは孝だ。ラウルが静かに答える。

「できる限りの手は打った。だが、日本政府とのパイプを持っているのは当然のことながらR国の正規ルートだ。冤罪とはいえ犯罪歴があることになっている美冬様の無理を通すとそれこそ外交問題になりかねなかったんだよ」

沈痛な空気を破るように、あーあと素っ頓狂な声があがり、びっくりした。

「参ったなあもー。これじゃ文句が言えねえじゃん」

ミルクティー色のふわふわした髪を掻き上げながら、何ともいえない表情で苦笑してい

るのは虎之介だった。

　そうだ、と澄香は思い出した。あまりに日常から離れた内容におとぎ話でも聞いているような気分でいたが、これは虎之介（本名は玲音というらしいが）、半年間一緒にいたこの青年の身の上に起きた話でもあったのだ。

「玲音、私は……」

　美冬は虎之介と向き合って見つめ合ったまま言葉が続かない。何か言おうとする度に彼女の瞳が潤《うる》み、言葉を飲みこんでしまうのだ。

「正直さあ、俺はずっと母親を恨んでたんだよ。お前は母に捨てられたかわいそうな子供だ。お前の母親は犯罪者だ。この王室に呪いをかけて不幸をもたらす恐ろしい女だって、ずっと言われ続けて来たからね」

　ぽつんと落とされた虎之介の言葉に美冬の瞳から涙が零《こぼ》れ落ちた。

「でも、俺はずっと違うと思ってた。日本で俺を育ててくれたお母さんは優しくて強くて、そんなことするわけないとずっと……」

「それで日本に来たのか？　確かめたくて？」

　孝の問いに虎之介は首をふる。

「そうなんだけどそうじゃないってか。俺さあ、正直日本が嫌いだったんだよ。だってそうじゃん、俺を捨てたお母さんのいる国だし、そもそも日本製の魔女みたいなことばっか

言われてきたんだもん。どんな怖い国だよって思うじゃん？」

ちなみにR国で虎之介は美冬との連絡が一切取れない状態だったという。

そんな虎之介の監視が緩み始めたのはR国で暮らし始めて十年後。虎之介が十五歳の頃だそうだ。元の第二王子、現在は皇太子となった夫妻に待望の子供ができたのだ。

女の子が二人。母親違いの妹ということになる。その少し前にR国内では法律が改正され、男女問わず国王になることが決まったこともあり、そちらに王位を継がせるべきだという意見が大勢を占めるようになった。

あまり勉強好きとはいえなかった虎之介は猛勉強してアメリカの大学に進み、飛び級で人類学の博士号を取得した。

研究の過程で日本文化を学ぶ必要があり日本に留学することになったのだが、入国した途端、側近に命を狙われるはめになった。

「それはなんで？」

「知らねーよ」

虎之介は口を閉ざしてしまったが、ラウルが言うには虎之介こと玲音こそが第一子だ。彼を王位に就けよと主張する一派と、外国人しかも犯罪者を母に持つ者などとんでもないと反発する者らが対立しており、虎之介の死を望む者もいるのだそうだ。

「やはりそうなのですね」

不安げな美冬に口を開いたのは仁だった。

「虎之介、これからもここで暮らさないか？　ここなら留学予定の大学も近い」

そうだったのかと驚いた。

「あ、うん。そうしたいんだけどさ、俺、やっぱり一回帰るわ」

虎之介の言葉に美冬が目を見開いた。

「玲音……」

「あ、違う。日本が嫌いだからとかじゃないんだよ。俺、いや私は例の柄鏡を持って帰って必ず母上の名誉を回復させてみせるから」

「そうだね。実際の窃盗犯が誰だったのか、丹羽エリカの証言が役に立つだろう。しかし、真相は魔女の呪いなどではなく、柄鏡が勝手に祟ったという話だ。日本人が相手ならばともかく文化の異なるR国の人々に理解させるのはさぞかし骨が折れるだろう。正直なところ、僕自身まだ半信半疑なのだ」

ラウルの言葉に虎之介はふふんと胸を張った。

「何のために俺が人類学を学んだと思ってんだよ。連中の脳味噌片っ端からこじ開けてでも理解させてやる」

ほほほと上品に笑ったのは桜子だ。

「やはり親子ですわね。よく似てらっしゃること。美冬先生が民俗学を学ぶために大学院

に入り直された時には驚きましたけど、柄鏡のことを調べるためでしたのね」

「あら、いややわ。バレてしまいましたか」

美冬がおどけたように言う。彼女が言っていた民俗学者とは彼女が師事する教授のことだったのだそうだ。

片付けたテーブルに柄鏡の入った箱が置かれている。立ち上がり、柄鏡を遠巻きに眺めながら虎之介が唸っていた。

「やっべーよな。これを持って逃げたマサ君は事故ったんだよなあ」

虎之介は来週、この柄鏡を持ってラウルと共に帰国便に乗ることが決まったのだ。

ただ、男性が持つと鏡がいやがるという逸話があり、渋っているらしい。

虎之介の隣に立ち美冬が言った。

「大丈夫ですよ。私、この鏡の来歴や伝承を徹底的に調べたんやけど、多分ね、姫様は男女問わず心根の悪い人間が嫌いやのよ。あなたが、いえ――。玲音殿下が公正で真正直でおられるなら大丈夫です」

「おわっと。殿下はやめていただけますか、母上。公正で真正直説もどうだか。怪しいもんだと思うけど」

「いいえ、分かります。辛い思いもしたやろうに、よくこれだけ立派になってくれましたね。R国に対しては色々と思うところもありますけど、あなたをここまで育ててくれたこ

とを感謝しています」

真っ直ぐに虎之介を見上げる美冬を照れくさそうにハグし、虎之介は言った。

「ま、親父のことは一発ぶん殴っとくけどね」

「きゃ、そんなんダメやよ」

慌てる美冬に虎之介が笑っている。

「私もそれは賛成ですな。あなた様のお気持ちを考えれば一発二発では生ぬるい」

真顔で同意するラウルに「あなたまで何ですか」と美冬が慌てている。

さて、と虎之介が鏡を覗き込むようにした。

「お姫さん。これからR国に帰って雄蝶の鏡と一緒にしてあげるから。どうか怒らないでくれよな」

そっと抱きしめるようにして持ち上げる。

「まあ、祟りなんて実際には疚《やま》しいところのある人間の思い込みと偶然の産物なんだろうけどな」

孝の冷静な呟きに虎之介が頷く。

「ま、そうだと思うよ。でもさ、この逸話も込みでこの鏡は存在している。だったら尊重してやるべきだと思うんだ」

思い込みと偶然の産物か……。澄香は御蔭洞穴での出来事を思いだしていた。あの時に

怪我をした肩の痛みはかなりマシにはなっていたが何かの拍子にずきっと痛む。その度に、闘いのような鏡との対話を思い出すのだ。

　仁が生きていてくれさえすればそれでいいと思ったのも自分だが、同時にここで二人で死ねれば永遠に彼は自分のものだという恐ろしい思いを抱いたのも澄香だった。

　あの激情は柄鏡の姫君が憑《つ》いていたからだと思おうとしたが、やはりあれも自分自身の心の一部であると認めざるを得なかった。

　桜子がマンションに戻るために呼んだタクシーが到着し、クラクションが小さく鳴らされる。格子戸を開けた虎之介が、わっと声を上げて店内を振り返った。

「雪だ。雪、降ってる！」

　いつの間に振りだしたのだろう。街灯の光を浴びて、ひらひらと小さな雪の結晶が舞い降りてくる。

「まあ、道理で寒いこと。皆さまもお風邪など召されませんよう」

　桜子が厚みのあるショールの前を合わせ、タクシーに乗り込みながら言う。口々に挨拶をしながら車を見送った。

　虎之介は今夜、美冬の宿泊先へ向かうことにしたそうだ。護衛を買って出たラウルと、ぶらぶら歩いて帰ると言う孝を交え、地下鉄駅へ向かって歩いていく。みなが帰ると、『骨董・おりおり堂』の店内がしんとした。

洗い物や器材の片付けは仁の弟子を名乗る孝と虎之介、さらにはラウルが加わって終わらせてくれているので、もうやることはない。

何となく帰りがたいのだが、残る理由も見つからなかった。

そもそもエリカが現れて以来、仁とまともに向き合った記憶がないのだ。久しぶり過ぎて、以前はどんな顔で彼と話をしていたのか思い出せず、話しかけることさえできない。

「あ、じゃあ私も帰りますね」

おずおずと言うと、仁は意外にも驚いたような顔をした。

「急ぐか？」

「あ、いえ。そういうわけでは」

時刻は九時過ぎだ。

「コーヒーでも飲んで行かないか？　少し話したい」

「あ、は……」

もじもじなら可愛いが、どう考えたって挙動不審でおかしな顔をしながら頷く。

カウンターの中で仁がコーヒーを淹れるのを澄香は見ている。

静かだ。今夜は音楽もかけていない。焙煎《ばいせん》した豆をミルで挽《ひ》く音が心地よかった。

陶製のドリッパーにペーパーフィルターを敷き、コーヒー粉を入れて、鶴首のポットから少しずつ湯を注ぐ。コーヒーの粉がぷくんと膨らんで、ガラス製のポットの中に抽出さ

れた液体がぽとぽとと落ちていく。照明を落とした店内に豊かな香りが拡がった。

「さっき、ラウルにもし山田に愛想を尽かされていたらどうしたと言われただろ」

コーヒーに目を落とし、仁がぽつりと言う。

「ははは。私ごときにそのような……」

それはそれで仕方がないと仁は言ってたんだっけと思いながら、相変わらず澄香の口から出てくる言葉はひどいものだ。

「俺はむしろその方がいいと思っていたんだ」

「あ、はあ……」

軽くショックを受けた。それはいつまでも未練《みれん》がましく隣の部署から覗いている私が鬱《うつ》陶《とう》しかったということだろうか、などと考えている澄香に仁は続ける。

「俺はこんな風にいくつも業を背負っていて、自分の言葉さえ自由にならない。山田が俺を待ってくれていても結婚できるかどうかも分からなかったし、たとえ結婚したとしてもどこからトラブルが降りかかってくるのかも分からない。きっと結婚しても幸せにはなれないし、迷惑をかけるばかりだと思っていた」

ああ、やはりこの人はゾンビの行く末を気にかけ、自分が責任を取らないといけないと考えてしまったのだろうと澄香は思った。自分が周囲をうろついていることで彼を悩ませていたことに申し訳なくなる。

仁の隣で手許を覗き込んでいた澄香は急に距離の近さを自分には過ぎたものと感じ、そっとカウンターの外に出た。

「でも……」

仁が言葉に迷うように澄香を見る。

「情けないけど、自分から決定的な言葉を口にすることがどうしてもできなかった」

「決定的な言葉……」

仁が言おうとしていることを聞きたいようで聞きたくない。ざわざわと騒がしい心を鎮めるように目の前のカップを見つめている。

コーヒーを注ぐため仁が出したものだ。澄香のための白いカップと、仁の琥珀色のマグカップ。琥珀色に走る銀の稲妻《いなずま》のような模様を目で追う。美冬が金継ぎで修繕《しゅうぜん》してくれたものだ。

以前、大阪の美冬のアトリエで見た白地に藍色の磁器のティーカップを思い出す。

粉々になったというカップを美冬は金で継いでいた。今日の話で分かったが、あれはやはり、R国の紋章の入ったもので恋人だった当時の王子から贈られたものだそうだ。美冬は淡々と語っていたが、今でも王子のことを思っているのだろうかと澄香は考えている。美冬

「私は御蔭洞穴の中で仁さんを絶対に死なせたくないと思った。たとえ他の人と結婚しても生きていてくれればそれでいいと……」

自分でも何を言おうとしているのか分からなかった。でも、これだけは伝えたいと思う。

仁は唇を嚙み、鶴首のポットに手を伸ばす。

「同じことを俺も思っていた。山田には本当に申し訳ないことをした。こんな厄介な男ではない誰かと幸せに生きて欲しいと思った」

「え。そんなもったいないですよ。私なんて」

はははと笑う澄香に仁は首をふる。

「山田は自分を低く見積もり過ぎだ。いつもそうやって卑下するよな。違うんだ。山田はかけがえのない人間なのに、俺がきちんと言葉にできなかったせいで、そう思ってしまっているだけだ」

「いや、そんな。私はただのゾンビで、仁さんにそんな風に言っていただけるようなものではないです」

贅沢な言葉の渦に目を白黒させて言う澄香に仁は今度こそ苦笑した。

苦笑でもいい。ずっと自分を責めるような顔をしていた仁が笑ってくれて、澄香はぱっと心が晴れるような気分になった。

コーヒーを差し出しながら仁が続ける。

「名月館の先代に言われた。言葉を惜しむなと。言わずに伝わることなんてない。お前さんは後悔するなと。自分の轍《てつ》を踏むなと」

『出張料亭・おりおり堂』を休止し、京都の由利子の許へ日参していた頃の話だそうだ。

仁は話してくれた。京都の工事現場で働いている時に名月館の先代がキャンピングカーで現れ、彼は近県への旅に仁を誘った。色んな景色を見、二人で料理を作って食べた。孝の事件のこと、その後の名月館の命運について老人は語った。結局、開かずの間を開けないまま自分は逝くことになるだろうと。

「『情けない男だろ』と彼は言った。言葉を惜しんだ結果がこれだと。言わなくても分かってくれるだろう。伝わるだろうなんてのは都合のいい勘違いだとね」

仁はマグカップの銀をなぞった。

「その通りだと思う。俺は言葉が足りなくて誤解を招くことばかりしていた。すまなかった山田。沢山傷つけた」

頭を下げられ、衝撃で倒れそうになった。

「ええっ、いや、そんな。この山田、それしきのことで傷つくような柔な人間では」

「そんなわけないだろ」

即座に言われ、ひえとなった。

肩に手を置かれ、うつむく仁の髪が頬に触れる。

「頼むからそんな風に自分を貶めないでくれ」

そのままの姿勢で仁が語る。

「山田、俺の話を聞いてくれるか？」

静かな声で言われ、は、はいと澄香は頷く。

「俺は足りない人間なんだ。多分、人間として備わっているはずのものが欠けている」

「そんなことは……」

澄香はずっと仁のことを非の打ち所のない完璧な人間だと思ってきた。

そう言うと、仁が首をふる。

「自分のことは自分が一番よく分かっている。いや、違うな。ずっと分かっていなかった。諦めてたんだと思う、色んなことを」

以前の澄香ならば、何故そんなことを？　仁らしくもないと憤慨していたかも知れない。だが、仁がこれまでに抱えてきたものの重さを知った今、彼の孤独が身に迫る。

「たとえば暖かい家庭だとか、愛する家族だとか、そんなものは自分には与えられるはずがないと思っていた」

不思議だなと思った。澄香自身も自分について同じようなことを考えていたからだ。

そう言うと、仁が驚いて顔を上げる。

「あ、あの。もし良かったら、私も聞いてもらっていいですか？」

誰にも話すことはないと思っていた。

だが、今、仁は柔らかい表情で澄香が話し始めるのを待ってくれている。引かれるかも

知れない、軽蔑《けいべつ》されるかも知れない。こんな話を聞かされて気分のいいわけはないだろう。それでも彼に聞いて欲しいと思った。

「私は……、中学の時に人を死なせてしまった」

そう言うと、仁が少し表情を硬くするのが分かった。

「あ……。うーん。やっぱり止めましょうか」

聞いて欲しいと思ったのは自分勝手なエゴだったかも知れない。ちゃんと覚悟を決めて話し始めたはずなのに、たちまち後悔した。

自分の弱さがいやになる。でも、ここまで言ってしまったからには今更繕うのも無理だ。明日からは普通に接してくれというのも虫がいいかと諦めと共に思った。

「すまない、少し驚いただけだ。続けてくれるか」

仁の言葉の優しさに、弾けてしまった覚悟をもう一度、懸命にかき集めて澄香は伝える。

「私、学校で浮いていて、孤立《こりつ》してた。それを助けてくれた先生だったんです」

物事をはっきり言う澄香を、進学した中学の同級生たちは受け入れなかった。

当時、澄香は船乗りになりたくて、そんな夢を話したりもしていたが、みな、呆れたように顔を見合わせて笑うばかりだった。澄香が覚えているのは相手の存在さえも丸ごと否定するような意地の悪い顔だ。

やがて澄香はクラス中から無視されるようになっていった。

「私はもうずっと水の中で溺《おぼ》れてるみたいで苦しくて苦しくて、夢中で、助けてくれた先生にしがみついて、水の中に引き込んでしまった。自分だけが助かって、子供だからと守られて。先生は追い詰められて……死んでしまった」

今、あの日のことを思い出すと、自分だけが水面に浮かび、水の底には先生が沈んでいる情景が見える。

あれを恋愛感情と呼べたのかどうか、今もって澄香には分からない。先生の方だって分からなかったのだと思う。ただ一人の生徒に肩入れしすぎた結果、周囲から孤立した。あの頃、澄香は世界に二人だけしかいないような気分でいたから、もしかすると先生もそうだったのかも知れない。

中学生の教え子との関係を疑われた若い男性教師は、もがき苦しみ、自ら命を絶ってしまった。

もっとちゃんと澄香が否定していれば、彼は救われたのかも知れない。だが、澄香は「あなたは悪くないよ」「何も心配しなくていい」という大人たちの言葉にうなずいた。

彼を残して世界が閉じてしまうことに思い至らず、自分だけが外に這い出して来てしまったのだ。

「私、船乗りになりたくて。周囲の大人は女の子には無理だと言ったし、同級生には笑われてたのに、先生は一人だけ応援してくれた。もし、私と出会ってなければ、私がもっと

強ければ、彼は死なずに済んだのに。私が死なせてしまった……」

　これはどんな形であろうとも、澄香が死ぬまで背負い続けていかなければならないものだった。

「そうか」

　ぽつりと落ちた仁の声には非難する調子などかけらもなくて、ただただ温かかった。

「俺が……。山田に惹かれたのは自分と同じものを感じたからかも知れない。山田がどういう理由で何を失ったのか、もちろん分からなかった。ただ、他の女性と違って、あなたは絶対に踏み込んでこなかったから。その距離感に居心地良さを感じたのかな。そして気がつくと、かけがえのない存在になっていた」

　仁にあなたと言われたのは初めてだ。

　言葉が出なかった。

「前にあなたが言ってただろ。結婚は船出のようだと——。あれからずっと思ってた。もしすべてがきちんと片付いて自分の意思で人生を選択できるなら、ちゃんと二人で船を漕《こ》いで支え合っていける人と、あなたの言った通り、幸せを二人で作っていける人と、共に歩いていきたいと願ってた」

　仁が顔を上げてこちらを見る。

　彼の瞳が濡れている。声が震えているのが伝わる。

「もしまだあなたが愛想をつかさずにいてくれたのなら、もしまだ間に合うのなら、俺と共に残りの人生を歩んでくれないか」

万華鏡みたいに色鮮やかな感情がこみ上げてくる。

肝心の言葉が出ない。

「絶対にこれから言葉を惜しまないと誓う。許してもらえるか？　一緒に幸せになってくれるか？」

「いいんですか？　こんなゾンビで」

「山田がゾンビなら俺もゾンビだろう」

「なんでっ⁉」

真顔の仁に言われ、思わず噴き出し叫んでしまった。

「ずっと死人のように生きていたんだ。出張料亭を始めてからも、ままならなくて……」

京都で事故に遭い、仁が背負ったのは真実の愛の在処《ありか》を忘れてしまった由利子だけではない。仁の右手にはその際に負った傷が今も残っているのだ。かなり回復はしているものの、かつての仁が持っていた実力が完全に戻ることはないという。

そして澄香が出会った時、精神的なショックによるものだろう、彼は味覚に障害を負っていた。酸味が分からなくなっていたのだ。料理人としては致命的だった。

「山田の舌をどれほど頼もしく、ありがたく感じたことか……」

「え、あ。そう、なんですか……。仁さん、そんな風に思ってくれてたんですね」

仁がこんな風に心の内を言葉にすることは滅多になくて、澄香は胸が一杯になってしまった。

「もし俺たちがゾンビならば、これから人間として生き直さないか？　二人で日の当たる方へ歩いていこう」

涙でぐしゃぐしゃになりながら泣き笑いして澄香は仁の手を握った。

「人間になる。一緒に人間になる。だから仁さん、もう絶対に一人で抱え込まないで。どんなことがあっても私はあなたと一緒に闘います」

「約束する。そして俺からも頼む。苦しみを一人で持ち続けないでくれ。嬉しいことも悲しいこともすべて二人で分かち合っていこう」

うわあああんと泣き出した澄香の身体を仁が強く抱きしめる。

高い窓の外、どこか明るい夜空から白い雪がはらはらと落ちる。互いの体温と鼓動を感じながら、いつまでも二人は抱き合っていた。

◆

二月十二日。仁と澄香は手紙を書いている。

明日は澄香の誕生日だ。そして結婚式の日でもある。白、ベージュ、紫がかった淡いピンクにくすんだオレンジ。薔薇《ばら》や芍薬《しゃくやく》、緑の葉。『骨董・おりおり堂』の奥の座敷は運び込まれた花で一杯だ。

結婚式の後、『骨董・おりおり堂』で披露宴を行うことにした。急な日程だったが桜子に孝、澄香の両親や姉の布智《ふち》、アミーガたち、古内医院の先生方に御菓子司・玻璃屋の左門と奥さんにご隠居様、そして京都からは葵《あおい》と姉の由利子が来てくれることになっている。

仁の両親は来ないが、先日澄香は橘の本家に挨拶に行った。

「これは色々と難しいところもあるが、澄香さん、一つよろしくお願いしますよ」と仁の父に言われ、澄香は深々と頭を下げた。

仁が橘グループに戻ることはないし、よその家みたいに不仲《ふなか》だった親子が和解するなんて簡単な話ではないのは分かっている。結局、母親には会えずじまいだったし、これから先、あの大きな屋敷を訪ねることはもうないのかも知れない。それでもけじめとして報告したいという仁に賛成したのだ。

橘グループはやはり孝が後継者となるそうだ。仁を連れ戻すのは諦めたらしい。孝はこれから組織改革を進め、世襲にこだわらない後継者選びを進めていくとはりきっている。

横浜にある仁の生母の墓参りにも行った。
海の見えるきれいな場所だ。

仁は彼女とは数える程しか会ったことがないそうだが、仁を産んでくれた大切な人だ。

澄香は彼女が好きだったという赤い薔薇の花束と感謝を捧げた。

「私たち結婚します」

と、彼女の墓前では素直に言えたのに、いざこうして書こうと思うとどうにも恥ずかしい。ゾンビ生活が長かったせいか、普通の人間の言葉を真似ているような気がして、照れくさいのだ。

「仁さん。何かこう、結婚しましたに代わる言葉はないですかね」

「ないんじゃないかな。事実なんだから」

確かに「私たち船出しました」では逆に気障《きざ》ったらしい気もする。

「うーん」

照れくささに身悶《みもだ》えしながら、しかし顔がにやけるのを止められない。百面相する澄香を見て、仁が隣で笑っていた。

これまでの顧客や出会った人たちに仁と澄香、二人が一言ずつ心をこめて書いている。

仁が手にしているのは澄香が贈った銀色のボールペンだ。

彼の手から美しい文字が紡がれていく。

春の鯛、初夏の鰹《かつお》、六月の結婚式や夏の鱧《はも》。岩牡蠣に松茸《まつたけ》、ハロウィンのパーティー。

「あー、ありましたありました」

「あの時は内心どうしようかと思ってた」などと二人で手を止めては話をしている。

　先ほど、澄香を巡って仁と張り合っていた藤村《ふじむら》から宅配便でお祝いが届けられた。三十万円分の旅行券だ。あまりの高額に恐縮しながらお礼の電話をすると、彼は「私の目の黒い内にあの二人がやっとくっついたんだ。こんなめでたいことがあるかい。これぐらいのお祝いはさせなさいよ」と言って笑っていた。

「澄香さん、幸せになりなさいよ」

　しみじみと言う彼の言葉に泣きそうになりながら、澄香は電話口で深々と頭を下げた。

　彼はあの後、同年代のパートナーを見つけ共に暮らしている。彼もまた呪縛から足を踏み出したのだ。

　小山《こやま》は結局、再婚せずバンシー鈴子《すずこ》の助けを借りてくるみと大河《たいが》を育てている。

　神崎又造《かんざきまたぞう》氏やその一族、太津朗《たつろう》夫妻とは今も年賀状のやりとりが続いていて、来月、『出張料亭・おりおり堂』に予約が入っている。

　そういえば、来月、名月館を仁と二人で訪ねる予定だ。

「今度は再生の宴をお願いしたいだよ」

　典子からそう言って電話がかかってきたのにはびっくりした。迷いに迷った末、売却が決定するぎりぎりのところで典子が決断したのだ。今度は優次だけではない、茂斗子も含めたきょうだい三人の共同経営に長男の宗一もいずれ合流するつもりのようだ。

「ようやく包丁を返せるな」

仁が包丁を見ながら呟く。使い込んだ、しかしきちんと手入れをされた包丁は奈良《なら》で先代から仁が貰ったものだそうだ。

「これは彼らが持つべきだ」

彼らの出発のはなむけとなるだろうと言う仁に澄香は頷く。

劇団紙吹雪にも変化があった。

未来の覚悟に座長はついに折れ、未来を手放すことに決めたそうだ。聖也《せいや》が「俺が次期座長じゃ不満だってのか」と座長に談判したと聞いて何だかわくわくした。

もっとも、大変なことも多いのだと思う。

本条《ほんじょう》トメイも劇団を去り、未来も一旦舞台から離れる。

「だから、これからが正念場だってみんなと一生懸命稽古してるんすよ」と電話口で言うあきらの声は弾んでいた。

未来があの小さな身体で、御蔭洞穴に跪き、一心不乱に祈っていた姿。ラウルに与えられた数学の問題を楽しそうに解いていた姿が思い出される。

「何かヘンなんだけど、勉強めっちゃ面白えんだよ」

オンラインで話した際、未来は照れくさそうに言っていた。

後日、舞台の際にお客さんの前でこの事情を説明した際の動画が送られてきた。

「甘い親かも知れませんが、倅《せがれ》には色んな可能性を摑ませてやりたいんです。勉強して将来博士になるかも知れない。もしかすると、やっぱり芝居がいいと戻ってくるかも知れない。その時に劇団紙吹雪がなくなってたじゃ困るからね。いつでも戻って来いと言えるよう、我々一同、より一層の精進を致しやす」

上下姿《かみしもすがた》の座長がそう言い、未来を含めた劇団員全員がずらりと並んで頭を下げる。

「戻ってくるってならそん時は手加減しねえ。迎え撃つぜ未来」と聖也が見栄を切り、未来とハイタッチをしてお客さんから大歓声を浴びていた。

手紙の宛先に書かれた名前を見る度に思い出す。これまでに作った料理や会話、それぞれの物語。

出張料亭は人生の門出や記念日を、おいしい料理で彩る仕事だ。けれど、人生は楽しいことばかりではない。生きていれば辛いこと、悲しいことも起こるし、別れだってある。道に迷うことも、歩き続けてくたびれることだってあるだろう。

一瞬だけの交差かも知れない。それでも、そんな誰かの人生に寄り添って、おいしい料理を提供したいと思う。それが仁と二人で漕ぎ出す澄香の船だ。

披露宴にはユミや諸岡《もろおか》みうなど澄香の友達も招待している。かなりの大人数だ。

「主役が料理するの？」と驚く人もいたが、大好きなおりおり堂で仁が料理を作り澄香が

助手を務める。それが何よりも自分たちに相応しいあり方だと思った。

花々に囲まれたおりおり堂で、皆の祝福を受けながら仁が作ったお祝いの料理を澄香がサーブする。ゲストたちの楽しげな笑い声、おいしいと言って輝く笑顔。最高の披露宴だった。

午後に始まった披露宴だが、ゲストを見送り、片付けを終えると既に夜の九時を回っている。

名残《なごり》惜《お》しくて、店の外でしばらく立ち話をしていた。

澄香はいつものシャツとエプロン姿で髪に小さな花の飾りを付けただけという薄着だったので、身体が少し冷えてしまったようだ。

「さむっ」

冷えた手をこすり合わせ、小さく身を震わせながら店に戻ると、ふわっと出汁のいい匂いがした。

急に空腹を感じてしまった。

今日の料理は基本的にゲストの分だけで仁と澄香はおもてなしに終始した。厨で助手を務める間、少しずつ味見をさせてもらったが、きちんとうつわに盛りつけられたものを食べたわけではなかったのだ。今まで気を張っていたので感じずにいたが、ほっとしたらお腹が空いた。

「お疲れ様。腹が減っただろ？」

　そう言って澄香を座らせ、仁が運んできたのは一人用の小さな土鍋が二つ。ぐつぐつと煮えているのは鍋焼きうどんだ。海老の天ぷらに干し椎茸を煮たもの、油揚げ、かまぼこに卵を落とし、ねぎを散らしてあった。

「うわあ、おいしそう」

「熱いから気をつけてな」

　はーいと答え、いただきますと手を合わせ、早速、箸を持つ。

「うどんは冷凍だが」と残念そうな仁に、さすがに自分の披露宴の後に手打ちうどんの夜食を作る新郎はいないだろうと、二人で顔を見合わせて笑い合う。

　揚げたての海老の天ぷらを噛むと、さくっと音がした。衣が少しだけ出汁を吸っていて、海老のうまみとあいまって絶品だ。

　取り皿に移したうどんを啜《すす》り、おつゆを飲む。かつおと昆布で丁寧に取っただし汁に、干し椎茸から出たうまみや天ぷらの油、ねぎの香りが溶け出して、ほわあと溜息が出た。

「うーん、おいしい。披露宴のごちそうもおいしかったけど、やっぱりこういうの、ほっとしますね」

「気に入ってもらえて良かったよ」

　卵は半熟、とろりとした黄身が照明を浴びて輝き、出汁を含んだうどんに絡んで宝石の

ようだ。

あたたかくておいしくて、身体の芯がぽかぽかと温まっていくのを感じる。

「そうだ。前から気になってたんだが」

箸を止めた仁が思いだしたように言う。

「何？」

「山田の誕生日にお食事券を贈ったことがあったろ？　あの残りがあるんじゃないのか」

お食事券とは、いつでも仁に出張料理をリクエストできるというものだ。

「あ、うん。ありますねえ」

澄香が仁に頼んで作ってもらったのだ。三枚綴《つづ》りの内、一枚しか使っていない。

「まだ履行できてないのが気になってるんだ」

実は澄香は残る二枚をお守り代わりに大切に持っていた。もし仁と別の人生を歩むことになるのなら、いつか何かの折に『出張料亭・おりおり堂』に来てもらって料理を作ってもらおうと思っていたのだ。それで仁とどうこうなろうと考えていたわけではない。どんなに落ちこんでいても、仁のおいしい料理を食べたら、また歩き出そうと思えるのではないかという気がしたからだ。

「実は私のとっておきなので、このまま持っておいていいですか。あ、有効期限とか？」

「いや、澄香がいいならいいんだが……」

澄香？　え？　今、澄香と呼ばれた？

呆然とする澄香に、仁は考え直したようにうなずいた。

「そうだな。これからずっと一緒にいるんだから、別にいつでもいいんだよな」

「うん」

鍋焼きうどんとすぐ隣に仁のいる冬の夜。うどんを啜っていると鼻水が出てきて、澄香は慌ててティッシュを摑んだ。幸せで幸せで、一緒に出てきた涙を拭い、仁がほほえみながらこちらを見つめているのに気がついて照れて笑った。


翌日の午後、お店は休みだ。

昼食の後、二人で庭に降りた。寒い風に身をすくめた澄香の肩を仁が抱く。

白梅の木にちらほらと花が咲いている。

桜に比べると地味な佇まいの花だ。小さいけれど精一杯に咲く花の香りを澄香は胸に吸い込んだ。

風はまだ冷たいけれど、晴れ渡った青空には光が満ちていて、春の兆しを感じる。

これから進む二人の船出を祝福しているようだった。

――紹介記事――

その店は石畳を歩いた先にある。

粋でおしゃれな店構えが目を引く。

『骨董・おりおり堂』。

商うのは高価な骨董だけではない。普段使いのおしゃれなうつわも品良く並んでいる。アナログレコードのジャズの調べ。併設されたカフェから漂《ただよ》うコーヒーの香り。伝統とモダンがほどよくミックスされた空間は居心地がよくて、つい時間を忘れてしまう。

「まだまだ修業中で分からないことも多いんです。皆さんに助けてもらうことの方が多くて」と笑うのは昨年、先代から譲られたこの店を切り盛りする橘澄香さん。

彼女の気取らない人柄に惹かれて、この店を訪れる常連客も多いという。

彼女を支えているのは、勇退した今も凛とした和服姿で、週に二回は店に立つ先代の橘桜子さん。そして、桜子さんの孫で澄香さんの夫である橘仁さんだ。

仁さんは京都の一流料亭で修業し、天才料理人の名を欲しいままにしている超イケメンの旦那さまだ。彼はこの店を拠点に顧客宅へ出かけて料理を作る『出張料亭・おりおり堂』を展開している。

元々、澄香さんは仁さんの助手だったとのこと。今では『出張料亭・おりおり堂』では

専門の助手を雇っているが、『骨董・おりおり堂』が休みの日には仁さんと共に出張に出かけることもあるそうだ。

ペパーミントグリーンの可愛い車で出張に出かける仁さん。助手席に座るのは澄香さんだ。

二人は互いの仕事を尊重し、足りない部分を補い合いながら暮らしているのだと、顔を見合わせて笑う。

包容力のある優しい旦那様と、どんな時にもユーモアを忘れない楽しい奥様。二人を見ているだけでこちらまで幸せな気分になる。

そんな二人には間もなく待望の赤ちゃんがやってくるそうだ。

そっと見守ってくれる気分のいい隣人といった雰囲気の『骨董・おりおり堂』。

来週あたりまた、うつわを見がてら、彼らに会いに出かけようか。

（了）

本作品は書き下ろしです。
またこの物語はフィクションです。実在する人物、団体等とは一切関係ありません。

本文デザイン：bookwall

中公文庫

出張料亭《しゅっちょうりょうてい》おりおり堂《どう》

――あつあつ鍋焼《なべや》きうどんと二人《ふたり》の船出《ふなで》

2023年２月25日　初版発行

著　者　安《やす》田《だ》依《い》央《お》

発行者　安部 順一

発行所　中央公論新社
〒100-8152　東京都千代田区大手町1-7-1
電話　販売 03-5299-1730　編集 03-5299-1890
URL https://www.chuko.co.jp/

ＤＴＰ　平面惑星
印　刷　三晃印刷
製　本　小泉製本

Published by CHUOKORON-SHINSHA, INC.
Printed in Japan　ISBN978-4-12-207329-6 C1193

出張料亭
おりおり堂
安田依央
イラスト／八つ森佳
「味見するか？」
STORY
偶然出会った出張料理人・仁さんの才能と見た目に魅了された山田澄香、三十二歳。思い切って派遣を辞め、助手として働きだすが――。恋愛できない女子と寡黙なイケメン料理人、二人三脚のゆくえとは？
シリーズ既刊
ふっくらアラ煮と婚活ゾンビ
ほろにが鮎と恋の刺客
コトコトおでんといばら姫
夏の終わりのいなりずし
月下美人とホイコーロー
ほこほこ芋煮と秋空のすれ違い
こっくり冬瓜と長い悪夢
あつあつ鍋焼きうどんと二人の船出
中公文庫

私の彼は腐ってる

祖父の死で天涯孤独になった揚羽。
その時、約束通り迎えにきてくれた許嫁の
伊織と同居するが、なぜか彼は広い洋館で
姿を見せない。執念で探し出し問い詰める
最中、伊織の腕がぼとりと落ちた。
「じつは私、ゾンビなんです」
まさかのカミングアウトに、
揚羽の運命と恋愛成就は⁉

イケメンの彼氏の正体はまさかのゾンビ⁉

九条菜月

イラスト／ゆうこ

中公文庫

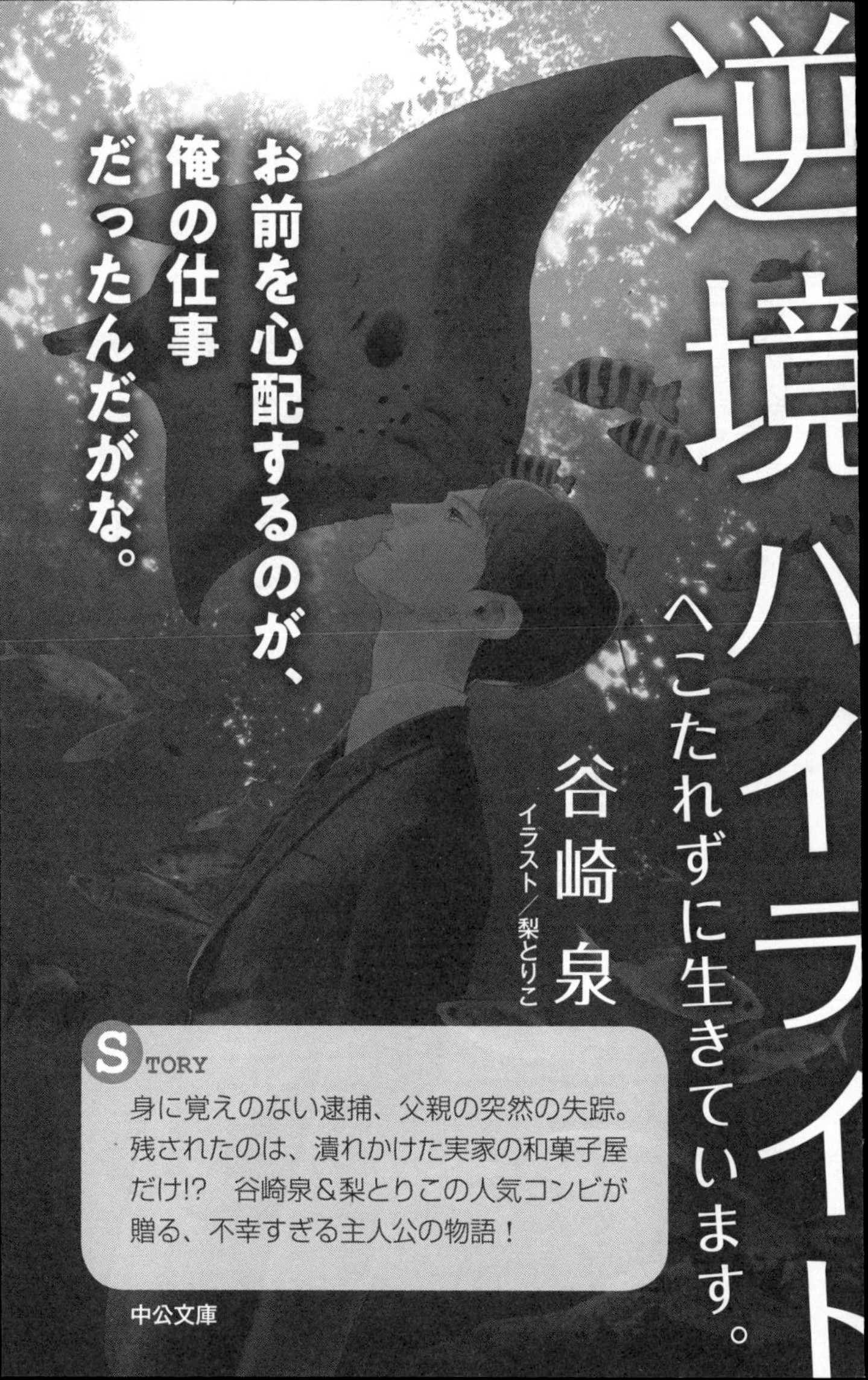
逆境ハイライト
へこたれずに生きています。
谷崎泉
イラスト／梨とりこ
お前を心配するのが、
俺の仕事
だったんだがな。
STORY
身に覚えのない逮捕、父親の突然の失踪。
残されたのは、潰れかけた実家の和菓子屋
だけ!?　谷崎泉＆梨とりこの人気コンビが
贈る、不幸すぎる主人公の物語！
中公文庫